JN199708

詩集

アンフォルム群

たなかあきみつ

tanaka akimitsu

七月堂

表紙画・たなかあきみつ
《…inspired from Günther Uecker's *Grosser Wald* 1988/91》（表）
《おおスティール鍋底のイヤリングよ》（裏）

目次

色彩論的に

［風になびく黄色の菜の花をベンチで……］ 10
［真夏の窓際の厚ぼったい目蓋にごろんと……］ 14
［ひとしきり青空の空耳に飛び込む……］ 18
［リンゴがもっぱら vampires の歯牙と……］ 22
［予め雨天を採取する、余白から天引きする……］ 26
［とある美術館の、人工皮革の黒いソファーたち……］ 30
［ただ同然の寒気に蠟引きされた黄色は……］ 34
［新型コロナウィルスの電子顕微鏡写真が放映されるたび……］ 40
［さてうすみどりの脳だ、《忘却の時計》だ……］ 44
［皿の、まっさらな色……］ 50

《レキショ界面》

［脳天にとって意想外なことに林縁のそれは……］ 58
［いきなり夢の過剰投与、ah overdose！……］ 62

「これが実物大の偶然の仕業であれゴムボートは……」 66
「その画面上で泣き叫ぶ幼子の涎は……」 70
「とかげの匍匐のように満を持してひび割れた壁の唇……」 76
「往年の野球 graphics における魔球の球筋のような……」 80
雪よふれ、もっとふれ 86
「記憶の奥深い藪から棒に鉄錆それともこの期に及んで……」 92
「超高層ビルの自動エレヴェーターのように……」 96
「遺失物は不特定多数の時計だとしたら……」 100

《フェルマータの眼を》

「振りかざすナイフの刃に似た鳥の風切り羽《レミージュ》……」 106
「アフリカ大陸東岸のモザンビークで解体された武器で……」 112
「フィラテリイの作業に準じて白昼……」 118
殺風景のか、それとも殺気の仕業か、それとも順不同のざわめきか 124
「ともすればスクラップ・アンド……」 132

京浜運河殺人事件　136
［春景の補遺としてまずは……］　142

《エンドレス・コラム》

［十指では指折りフォロースルーしきれない……］　150
二〇一六年七月版《光の唇――20枚のスナップショット》テクスト　156
画家パーヴェル・チェリシチェフへの追伸　164
ラスト　168

アンフォルム群

色彩論的に

［風になびく黄色の菜の花をベンチで……］

風になびく黄色の菜の花をベンチで筆写していると
いきなり猫背の背面からそれとも薄曇りの肩越しに
連続的にシャッター音がする
カシャカシャ相次ぐ玉突き《キュー》のような《眼球》が
揺れる菜の花のまぶしい黄色にまみれ
空中《ブランク》をぶらぶら浮遊するこれも色彩の祝祭

連写に賭ける切れ長の眼球たちのmimeにつき
暗箱の巻き舌に巻き込んで菜の花に描き込む
微風でも無風も同然に空中《ブランク》に佇む滞留する
風圧によじれる菜の花を灰色のグラファイトで象る

ぐんぐん黄色になびく斜線を五線譜上で傾聴せよ
それもこれもすてきな昼よイレギュラリテのしわざ

花びらの形状が風の便りにデフォルメされた、これはしきりに
空間のパレットからはみだす黄色の眩暈の研鑽につき
菜の花は時限爆弾さながらの桜花ほどは散り急がない、
その無音の在りようのコントラスト刃は思わずのけぞり
空中《ブランク》で各停止線を死守してたとえ散歩中であれ
桜花の滞空時間はパラドックスの毛足よりも長いだろう

地面すれすれに花びらが紋白蝶のように徘徊すると
色彩的に意外とピンクゾーンが底堅いと判明する、
一八八九年作のムンク画《春》の半透明のカーテンごしの
日射しの物影にすがって落花するや《声》画は
地面に風のアドレッセンスを鏤めるのに対し、桜花忌は

もはや花びらの原形をとどめず茶色の粉末を呈する

（空無の厖大な archives におけるようにたとえば
数本のネギの端本に暗紫色のテープが巻きつき
その直下には銀色の篦で黒く塗り固めた長方体を跨ぎこす
赤土色の大なり小なり文字たち
猫の叫びの自重が全身６キロならば重すぎるか
猫年齢相応の老身か？――つるんと小耳に滑り込んだ）

すっかり耳が削ぎ落とされた叫びの現場の地肌を
ましてやその粒子を焙りだすように拡大すればするほど
《叫び》という名の地表の黄土色や赤土色の周縁は
ブランクのブラックの空中ブランコの真骨頂、Ｇ系灰色か
火葬人がブリキ箸でつまんだ下顎の原形を保持しているので、
これはアンフォルムの地肌深く貫入する

［補註］

＊《声》画＝《声》という表題の同じくムンク一八九三年筆の油彩画。

＊G系＝フランスのキュビスムの巨匠ジョルジュ・ブラックの頭文字。その直系の明快な造形性（le champs clair）を参照のこと。

［真夏の窓際の厚ぼったい目蓋にごろんと……］

真夏の窓際の厚ぼったい目蓋にごろんと集う
何本かバナナが脳挫傷のじんじん進行性の痕跡みたいに
黄色地に褐色の斑点がアイスバーもどき
（黒褐色か茶褐色か）星雲の粒々のような錆が
かつては原色の革だった古靴のように
やおら過食のいびつな靴音を響かせる
応急の静物画の逸品の皿のなかではなく
バナナ錆（こう名づけたい、積乱雲と同じく）が
ジグザグに走行するホテルよ火照る

午後三時をすぎて花屋の主人が

新参の出入り業者にぽつりといわく
ひと雨来そうだなあどうもひと雨
そう、じゃあじゃあ白乱れて黄身を制す
多肉植物の傍らで覆水盆にかえらずと言うなかれ
とばかりにむしょうに目玉焼きをパクつきたくなる
壁面の引っ掻き傷の名手ジャック・プレヴェールが
突如としてそそのかすまもなく巻末の《ピカソの
魔法の灯》が自転して順不同に灯るだろう

この一車線の道路の分岐点のひとつではないが
古びていてもいまも現役の図書館脇の
(日頃の館員たちの丹精こめた思惑とは関係なく)
一時的に荒れ放題の荒野の花壇もどきから
しらずしらず咲く葉鶏頭のあでやかな群落へ
地中海沿岸のオペラ歌手の寝乱れた髪の毛のように

花びらがもっぱら不定形にはみだしているヴェルミヨンの
破線だらけの彼岸花よ目頭を熱くするグラウンドの
土埃の《カプリチョス》デビューをすかさず牽制しつつ

海の星がなまなましいひとでであるように
海の雀はがぜん鱝だから
皿の煮汁に半身でつかって不眠症になる
わがフォークで逐次身をほぐされ
これも子持ち鰈だからこそ
粒々はたっぷり胃袋で遊泳するだろう
ジャック・プレヴェールによれば、壊れたブランコで
ぽつんと人形と卵の暴力は
靴ふきマットめがけて串刺しにされる

肉離れでも走りだそうとするスプリンターの追い風参考記録さながら

この熱覚まシートをおおバナナの額面《ひたい》からがら
つるっと剝がせよつるっと
反射的にアキレス腱が反応する瞬間の
フライングによる炎症かそれともめりめり延焼を
スプリンクラーならぬスプリンターの
なんとも健気な健脚から
仮設のスターティングブロックから意を決して
ちぎれんばかりのニューロンの雲行きから

［補註］
＊《ピカソの魔法の灯》＝ジャック・プレヴェールの詩集『パロール』の巻末に収録の長篇詩。
＊地中海沿岸のオペラ歌手＝イタリアの作家アルベルト・サヴィニオの短篇小説のレミニッサンス。
＊《カプリチョス》＝もっぱら黒を基調とするゴヤ版画の出発を告げる傑作。

［ひとしきり青空の空耳に飛び込む……］

ひとしきり青空の空耳に飛び込む
ともすれば空前の絵空事、思わず知らず空言にもやたら空隙がある
青空の断片が顆粒のペッパーとどこからでも
じゃれあって浮遊する灰色のクリップスとあわや
途中まで議論のジッパーを開閉する

ポーパの何層も skyblue が折り重なった青空の箱に
土管の縞をやにわに流し込んでみたらどうだろう
さあ７Ｂの鉛筆で灰色域《グレイゾーン》をざらざら拡大し
凪と水、線の頬寄せあって
まずは砂丘を砂塵を発疹的に梱包せよ！

群青による密猟の闇に乱入する現役の
狼たちの獲物の血でちくじ研がれた歯列を前にして、
電波という小うるさい肉蝿はどこにたかる?
この五月のＴＶ画面に奇しくも卓球の晴天のラケットが切り返す
チキータバナナの弾道が瞬時にしなった

使い古しの泡がまたぞろ弾けてひとけない広場が砂埃を舞い上げる
皇帝ペンギンの記憶に銘記されたポーパの箱の箱へ急がなくちゃ
ともかくサハラ砂漠の北縁でタトゥーのように採取されたとしても
アンモナイトの猫眼ばむ銀色のアポストロフは底光りする
指先の緩傾斜で磨き抜かれてのこと

肉眼ではろくに布置を見渡せない埃の密着は
たとえば《海猫三万羽》の密集的乱舞に匹敵する

縁がおのずからきつくギャザーして乾燥しはじめた花弁は
腐臭のすみやかな脱臭に向けて空位に向けて
やおら空きビンに芍薬の足を突き刺す

雲への、雲行きへの何度でもグッドバイ鳥打ち帽を左前方に
晩年のある日、写真の笠智衆は上り坂にさしかかったところで
バイバイとよれよれの帽子を差し上げげつつ晩夏に合図を送る
これまでの思いの丈を鳥の羽ばたきのように希薄な空気に叩きつけ
彼はカメラアイにおのれの背中ばかり見せつけるバイバイと

アンチエイジングの努力の醜悪さを症例的に累乗し
キツオンの群れが思わず乱歩《ランダムウォーク》的に肌荒れ脱輪し
だからこそ無色を含め色彩のかけらがとりどり浮遊する
宇宙空間のデブリさながら刷り込まれたチェコ語 barbar の
かけらを手始めにメタリックな暗緑の濃淡をじゃらじゃら亀座りの練習だ

紙のレミング、紙の耳、巻頭のハミングだからこそ
《……ダンボールの仮面は
保水しない──水は
眼から流れだす》とは白日に懸垂するリツォスよ、赤レンガ色のPAPIERS
掌中の9ページを水と水、もっぱら紙の耳朶寄せあってまずは参照のこと

［補註］
＊ポーパ＝ヴァスコ・ポーパ、二〇世紀のセルビア詩人（一九二二─九一）。代表作は《小さな箱》ほか。
＊《海猫三万羽》＝八戸の蕪島に群れ集う海猫の光景。三万羽という数字はジュール・ヴェルヌ作品の旅程に（たとえば海底二万里）に倣う。
＊写真の笠智衆＝藤原新也『僕のいた場所』（文春文庫）の表紙カヴァーの黒白写真。そもそも写真家である藤原新也が撮影した。
＊チェコ語barbar＝チェコの作家ボフミル・フラバルは同時代の前衛美術家にして爆裂主義者（＝エクスプロジョナリスト）たるヴラジミール・ボウドニークを繊細な野生人（＝バルバル）と名づけて、彼の破天荒ぶりを熱烈に回想した。ボウドニークはチェコのアンフォルメル美術の旗手である。
＊PAPIERS＝ギリシャの詩人ヤニス・リツォスの袖珍版フランス語訳詩集。一九七五年パリのEfr刊。

［リンゴがもっぱら vampires の歯牙と……］

リンゴがもっぱら vampires の歯牙と等号で結ばれるとき
その前夜に黄色フリークのリンゴは暗赤色の頚に変容する
リンゴは血を噴く、いくたびか
ほら一九三〇年代ミュンヒェンの街路の闇の汁液を縦揺れにしぼれ

それでもリンゴは血を噴く、
リンゴの皮しだいでは暗赤色があるいは脳裡の黄色があるいは黄緑が
リンゴをかじってはかむそのかじかむ歯間で
悶絶するほど岩漿の血に染まる

リンゴの芯は血の空き箱の植物性の把手だとしたら

このリンゴがたとえば駱駝のひと瘤へと形状記憶中の理由は何か
この頃は変形をめぐって視点の異なる路面においそれとは
ぐねぐねのメビウスの針金は転がっていない？

脳内ならいざ知らずこの頃はすんなりVallottonの画面どころか
園芸店の店先ですら紛糾の種の金蓮花かげぼしの血の空き箱や
針金すら粒だつ黄色に集光しつつ集合住宅の通用口の
尖端がさびた有刺鉄線しか夜の緑《ナハトグリユン》の盲野に落ちていない

血の匂いを恣にして
リンゴの果肉はπの字形に歯槽という浴槽で仮眠する
依然として埃っぽい鏡は黄熱のスネアドラムに
やんやの撥さばきで反撃する

メキシコの画家 Frida Kahlo の《いきいきとした生命》（一九五二）

ならびに《生命の果実》（一九五三）には、血の匂いを
恣にするリンゴの実は見当たらない、寒気のアンソロジーゆえに
ますます暗く赤みを増すリンゴは流血の惨事を怖れないから。

円筒形を描ききるむずかしさをまずは万全なるその習得作業をこそ
思え、しらじらと遺留分をさすがに死後酩酊して
揚羽蝶もどきの展翅模様のむせるジャングルに腐心する前に
それでもあれかこれかではなくリンゴ酒の古樽もその座位もだ
反物質《アンチマチエール》の《爪が引き裂く時間》の舌の根も乾かぬうちに
そこからとり急ぎ流失しようとして
ヴェネツィアのとある運河の水面にも浮上する
ギュンター・ユッカーの釘庭は芽吹きのぎざぎざに血を抜栓する
緩傾斜の斜面のリンゴの木々をはがれた光は

濫用の鋏を研ぐ雨あがりの窓ガラス上で
毟られた羽毛をぐんぐん引っ張る
いつまでもポレンよポレン点々といぶされて発光するか

時間のローテーションを永久停止させられたままの
チェルノブイリのリンゴすなわち観覧車の群れは小糠雨の仕打ちで
非連続的にほころびたその網膜のほろ苦さたるや
極東の百合根の食味がおよぶところではない

［補註］
＊ギュンター・ユッカー＝一九三〇年生まれのドイツの美術家。釘をハリネズミのように打ち付けた立体作品を得意とし、《釘男》の異名をとる。同時代のロシア詩人のアイギと親交があった。たなかあきみつ詩集『ピッツィカーレ』（二〇〇九年ふらんす堂）に収録の二詩篇《もうとっくに広枝は……》《（もうとっくに広枝は……）変奏》を参照のこと。

［予め雨天を採取する、余白から天引きする……］

予め雨天を採取する、余白から天引きする
とりとめもないニューズの永久運動の泡に絡まってむせかえる
はじまりはいつも牙関緊急であって泡を吹き飛ばす前に
いつも革帯の口輪（なぜか猿芝居の）をかませられて

悄然たる圏谷の晩餐**BOSE**から放出されるロ短調ミサの
哀傷からしきりに角張る青紫色の（川岸に流れつく溺死者の）
ニーチェの口唇よ、レインコートの縦縞がそよぐデゼリテの口角でも
髭に隠れた新聞活字の、ぎざぎざの空模様よ、生首をビン生1本

と口走る前に逆流する灼熱の唾のように

あまたの裂け目からなる（裂溝の）檻、
利発すぎる子ども特有の無造作の殺気をよもや頻発させる
口語の吃音もどきのへアピンカーヴに差しかかる空きビンの

晩夏のラジオが裏返しに口ずさむパッパラ、パルル……
いくたびか火山弾のように鳥の木のさえずりは増幅する
夜半のルビー狂いよ冷えればそれだけｇｆはぎらぎら血を吐く
ティンパニによるvelvetノスタルジアの打倒か血みどろの跫音か

わらわら発火する麦藁帽の火焔とは対岸の
《束の間の情動》だが青空のじつはウルトラマリン
青鮮魚のぴちゃぴちゃ跳ね上がるゴム手袋の五指は
大童で見えない致死率の版図を血の釘のうごめきを

大西洋の海辺まで簡易テント内の油照りまで拡げつつある

貝殻の図鑑で縞の極意をそのかずかずの波紋を確認しろ
薄刃の刃先のように研ぎ澄まされた草いきれのアラベスクまで
詩人アンドレイ・タヴロフならば彫金の透かし《亀のように背泳で泳ぐだろう》

脳葉のティンパニをぴらぴら叩くなら
《ロープの結び》満載の改訂版カタログをすばやく参照のこと
アラベスクの懸垂めがけてダストは滞留せずダンシング、画布の
オリーヴグリーンによる耳の尖鋭な試技に乗りだす前に

サハラ砂漠から急遽掘り出されたスピノサウルスの棘皮を
ひたすら turquoise blue の色鉛筆で果敢にも塗りつづけた
とはいえ先ほどの画布で腐りかけのナスは皺から
暗視的に沈めば沈むほどますます浸潤する暗紫色の鼠サ
ポストイット代わりに本のページに乗り上げるカミソリの火焔

本物のカミソリの刃をページ外の三方から三枚ずつ差し込んだ
そんな眼球が一挙にクリップされそうな写真を見たことがある
画面上のハガネ色という究極の灰色をめざして、バルセローナの

珠玉の水滴よ雨天順延されず《磁場は星々の生成上どんな役割を
果たしたのかわれわれは知らないし、星々の新世代が生誕する源の
星間ダストや星間ガスのいずれの特性もわれわれは知らない
と言われている》（ホアン・ブロッサ《COSMOS》）

［補註］

＊gf＝グレープフルーツの頭文字。果実はブラッド・ルビー色。

＊大西洋の海辺まで＝エボラ出血熱（何度もテレビ放映されたそのウィルスの顕微鏡写真を参照のこと）の接近する予感に立ちすくむ右記の果実の自在の輪《ルーリーブル》。

［とある美術館の、人工皮革の黒いソファーたち……］

とある美術館の、人工皮革の黒いソファーたち、
館内のソファーはその時たまたまぜんぶ空席で
若干の体軀の凹みのあるソファーもあれば《時間のロープ》上の
アイマスクの定位置から、欠伸のようにずれたソファーもある

壁の展示画面はそっちのけでいつまでもそこに座っていたがる幼子、
その作品は題してやぶ睨みの《薔薇の花売り》で
ヴィクトル・ルィサコフが一九九三年に描いた油彩だ、
画面の左側、描かれた人物の心臓の位置に対向して burlesque の
例の三本の薔薇の花、画面の顔色とおなじく薄いローズピンクだ

その左右の眼窩には充血してそれぞれ赤と黒の月と太陽が灯る
ところで晩秋の花屋の一角には赤錆だらけのポインセチアの勇姿
この人工的すぎる発色はオリーヴの葉の硬調に比して眼に痛い

申し遅れましたがこの《薔薇の花売り》だけが壁に架けてある脳内の
美術館の一室で幼子は性分としてその展示室のばかりか
どのソファーにもむずかるでもなくやたら座りたがる、
その子を連れてきた若い母親にして大学院生にはここでの滞在時間はキャッツアイの

血眼のショッピングの四倍以上に感じられよう、美術館でどころか
改装後のデパートでもスーパーでも新参のイケアでも
当の幼子のソファーへの偏愛は相変わらず矩形の滞在時間に
納まるどころか新たに銀色にきらめくwheelchairを目にするやとても上機嫌だ

(たとえば金張りのロンジンを細腕にはめなくなって久しい

ゲッシ類顔貌の老嬢は食事のたびに牡蠣のメニューを所望する
無時間の食傷気味にもことさら発疹にも留意するどころか
ミルクの海原をフォークでもっと平均して《小石大《ガレ》》の牡蠣をと突きまくる）

《薔薇の花売り》の画面の色はやおらのっぺらぼうの薄皮を剝ぐ
顔色と薔薇の花色を除いてますます濃緑化の一途をたどる、翻って
sevres green deep や **turqoise green** を含め左側のキャビネットも薔薇の茎も
キリコ画にさかのぼる人物の鰭ばむ右足、五指とも指折り帯電する左足

とはいえどの場面の下塗りにも窺える深緑の《多指症《ポリダクティリーヤ》》（《単眼症《ツィクロパーヤ》》すらも）に
キリコの、路上の乾燥した流体力学の数式の鑢をかける
何重ものアルマジロの鱗甲板のような集束イエロウのトレース地平線の裾は
レンガ色をおびて、色彩の機影はおおイナシュヴェ！　地平線の未完のトラヴァース！

本日の課題は緑直系のレモン髭につき

カンヴァスにぎとぎと融けだす前に尖筆で削れ削れ
あるいは鉄線の替え刃のカノン進行形、内海の片手では絞り
きれないレモンの色彩的難題よレモン産毛のひよこ化を阻止せよ

これは特売ブーケをくゆらせる《scapegrace》蝸牛の比ではない
灰色に不安定なレーキが身軽にもディープにもわんさか顔見せ、ほらここが
思案のしどころだ、傲然とDiane Arbus的にミゼットたちは燃える蝶にも鰈にもなれず
ＤＱのドレ画の風車よ、描線の投げやりにも回転不足にも到底なじめず

［補註］

＊ヴィクトル・ルィサコフ《薔薇の花売り》＝これはアナトリイ・コロリョーフの小説《舌人間》（二〇〇一年モスクワ）の表紙画である。この小説はエレファントマンをテーマとしている。

＊《小石《ガレ》大》＝フランシス・ポンジュの散文詩《牡蠣》からの引用。

＊《多指症》（《単眼症》すらも）＝アナトリイ・コロリョーフ《舌人間》（二〇〇一年モスクワ）からの引用。

＊《scapegrace》＝George Szirtes《For Diane Arbus》*in* Blind Field（OUP 1994）からの引用。

＊ＤＱ＝Don Quixote（ドンキホーテ）の頭文字。

［ただ同然の寒気に蠟引きされた黄色は……］

ただ同然の寒気に蠟引きされた黄色は
見たところ allegro moderato に準じる発色だ、夕暮れ時ともなれば
口伝のフィルム型マグネットが鈍くなり手書きのフェリーボートが
混色のみならず冷蔵庫の扉を床めがけてしだいにずれ落ちていく

焼き菓子《クレンデリ》と等号である８の字の穴に無限を
青空の《青》を見出す、耳を聾するばかりの青い泥を浚渫する
この二つの結び目は出港間際の艀、その名も《死の島》号であり
オニヤンマの今は亡き複眼を思わせる、長身のラフマニノフという
集音バケツの柄を。血の色からいつの間にか８の字と結び目は

紫紺の印刷むらほどのグラデーションに密封された、ヨコ位置のウロボロス
蛇無限の臭気圏に留め置かれたのは、鮮紅色の殺傷能力を怖れたか
それとも死なるものに事後いちだんと密接に寄り添いたかったか

これは単なる色彩の変更というよりは人混みの浜辺の漂着物を
生と死の分水嶺を描くことに主眼があるキサンテインよ
視覚的に隕石と流星は死の乾燥軌道を競っているようで
本来はまともに視えないもののわだちを思い知る

人混みをぬってぐねぐねダッシュ、アンドロイド禍のように長年
放置されてきた枕木の折り重なるがらくた、小骨のような鎹の数々
眼裏でさびるにまかせた海老反り鉄路の尖端を幻視する
そこに群れ集う黒褐色その他もろもろの《perpetuum mobile》

いや増す寒気にパーマネントイエロウは映える

磁力の回復には耳朶の芒もどきの造形が不可欠だ
半ドアのまま眠りこけた黒色を揺り起こせ酔いどれ schnaps を
しょせん短かすぎる睡夢の Ognatango さあもう一度回旋する番だなんと《月に雁》だ

砂時計の有視界の縄が瞬時に綯う飛行機雲、線条の屠場よ
タイルの壁面に投影されぴちゃぴちゃ発熱する染みよスネークダンスのように
コンクリート床の木箱には縄の群れ、右往左往絡まり合って後
首から先はぐねっと行方不明！　なんとも《厖大な空無》！

徹底的に禁煙《ノースモーキング》の屠場での吸いさしの煙草の紫煙の低空飛行、さえも
文字通りレトロの、それも 後 発《レトログラード》 の波乗りトレモロの——
サラトフ出身の詩人ならこう呟くだろうに、全レトロを律する例の
《神は口腔病学《ストマトロギヤ》とタイヤ装着《シュノモンタージュ》の間にこそ介在する》と

自前のミクロコスモス installation として全ステンレスの銀ぎら銀鍋の

正面の曲面に映り込んだ2個のトマトとＦ６の画用紙を設定する
桃尻ならぬ安楽を呈する本物の単純トマト尻は静謐な火焔と化し
ど真ん中のＦ６紙はといえば縦割りの食虫植物のくびれを曝す

完熟トマト特有の赤色は縮れかけのアマリリスの花弁よりも
この曲面ではタテ位置の暗赤の穂先、暗いバーナーの火焔樹となり
一方の対向するＦ６の画用紙の平面は目下《カオスのマグマ》にて
πの字を逆さにぐんぐん巻き込む銀色の舌になる

［補註］

＊その名も《死の島》号＝絵画的にはベックリンの《死者の島》を、評論的にはユルスナールの「ベックリンの《死者の島》」を、音楽的にはラフマニノフの交響詩《死の島》を参照のこと。

＊《perpetuum mobile》＝このラテン語の字義通りには《永久機関》。音楽用語としては《無窮動》で、ラヴェルやプーランクやバルトークやペールトなどが同じ音程を際限もなく繰り返すこの形式で作曲している。

＊Ognatango ＝ジョン・ウォルフ・ブレナン作曲《モスクワ――ペトゥシキ》《**Moskau–Petuschki**》――**ein mikromonotonales Poem**（**Leo Records Laboratory 1997**）中の**20.Ognatango I** ならびに**22.Ognatango II** からの引用。この楽曲の原作はヴェネディクト・エロフェーエフ（一九三八―一九九〇）の『モスクワ――ペトゥシキ』で同書の邦訳は安岡治子訳『酔いどれ列車、

モスクワ発ペトゥシキ行』（一九九六年国書刊行会）。

＊《月に雁》＝『酔いどれ列車、モスクワ発ペトゥシキ行』の翻訳者・安岡治子さんからの献本には惜しげもなく垂涎の《月に雁》切手が貼ってあった。

［新型コロナウィルスの電子顕微鏡写真が放映されるたび……］

新型コロナウィルスの電子顕微鏡写真が放映されるたび
テレビ画面に大写しになる、必ずしもじかに駱駝発の病勢と関係なく
サンプル写真だからいつも同じ図柄だ砂漠の薔薇のレプリカ然として
色彩的にはウニの毬のような緑黄橙のリングも紫水晶の劈開とは異なって
いつも円のどこかへこんで歪んで正円を描かない

たとえばどろんと酒臭い夜行の都市間バスが定時に発車した直後
夏至のターミナルにはきつい排ガス臭が残った、巷間
《乗合バス》というフレーズを耳にしなくなって久しいその秘文字
はセピア色の柿の木坂の絵葉書にインクの染みのように滲んでいる
なぜか昼間の湿気になじむ《vinaigre》の臭いがこれに攪拌される

遠隔操作の破片のように心もとないどろっとした感じのビロード地
ヨコ位置のズッキーニが隆々と仕掛ける
暗緑と暗黄のメディアミックスになる、耳ならキヌク骨を
るれろ――《光の手首》の砕片、エクラの火勢を駆って。日陰の
耐風マッチかそれともマンホールの蓋は波動の枢に被さるか。

ジャン・デュビュッフェ展のカタログにて半世紀以上前の
地肌学シリーズの作品群、地肌学というネオロジスムに出会った
織物の織り目よりもずっとマクラメな土壌や地層が眼に痛かった。
遠隔操作されぬ頑なさがときにはブリキの空っぽの水槽や
マザーグースの遠雷の耳目に連座する

同じ図柄のサンプル写真でも脳裡で移動できる
つるんとした感染のマケットよ毬が雲丹紫にむかって針状化するスパイク群が粒立つ

ざらざらしてその針先で色彩のクレヴァスを測量する
ルゴジテというフランス語自体辞書の片隅でどうにもざらざらして
店頭にはリゾームの内出血なり痣のなり鴨のパテが出される

地中海を鋭意航行中の、オッカムの剃刀の段だら地肌、
俯瞰魚の黒地に原色とりどりの鱗だった、かの大佐亡き後の
鈴なりの難民船の地肌よつるんと図版の海鼠ばむ時制よ
俯瞰すると見事に空撮の魚拓を呈する難民船
海彼の波を旋回するローターハ音のヒレがなんども掻き上げる。

夜来の湿砂をのせた猫車、黒すぐり直下の gros-grain のブランコのように
猫なで声の地割れとバランスをとりつつ、
かつて表面張力だったところ海底の油井だったところに
ましてや往年のバクーの《油井の弁》みたいなところに待望の
ブルーノ・シュルツ切手だったところに何が潜んでいるか

柑橘類にぷしゅぷしゅ巻きつく未生の導火線
現下の雨天を期してすかさずしぼんだ蝶類の蝶番
水しぶきのエクラの鰓や鰭やこれぞ staedtler7B の線影
聳え立つライム鉱山のよくぞどん底に停車した過積載のトラック
戦時であれ無風のすでに微塵の陶片をあさる濃霧のゴーグル

［補註］

＊セピア色の柿の木坂＝この詩に取りかかったとき、つけっぱなしのラジオからたまたま青木光一の一九五七年のヒット曲《柿の木坂の家》が流れてきた。この曲の歌詞には《乗合バス》が登場してくる。この柿の木坂とは作詞家石本美由紀がおのれの出身地、広島県大竹市の坂をイメージしたものらしい。

＊《光の手首》＝詩人ルネ・シャールの一九三九年一月二四日付ピカソ宛書簡から引用。（ルネ・シャール『詩人のアトリエにて』一九九六年ガリマール刊に収録）。

＊かの大佐＝リビアの独裁者だったカダフィ大佐を指す。かつて彼がＮＹでの国連総会に乗り込んだとき、極度のセキュリティ不信で、リビアから空輸した大テントを設営して宿泊したことは記憶に新しい。

［さてうすみどりの脳だ、《忘却の時計》だ……］

さてうすみどりの脳だ、《忘却の時計》だ、緑の段階的撤収の
ずれながら折り重なる暮色の襞、あくまでも首という語にかかわる例文は
葱の隻腕よ、イワシのぎょろっと隻眼よ、相手が
キリンでも白鳥でも空中にぷかぷか浮遊する首は首
薄茶の毛足のだんぜん長いネック（これがプロレス技なら

在りし日のネックブリーカー、それともちゃぼ《バンタム》の羽繕いたるBantam Booksの頁に
秘匿された銀幕ならちりぢり絶えざるフリッカー、覚えたてのチキンレースばやり）
あの一九四八年作のレオノール・フィニーの破天荒な傘よ、
惨たる海底の（深海底と覚しき砂地の）枯木っぽい海藻にびりびり引っかかった
単なる蝙蝠傘ではなく明らかに女物の日傘だ、空気の衝立で裂けるおちょぼ口の

蝙蝠の習性とは一見近そうでどうにも縁遠い晴天専用の傘ゆえに破れてしまった
何重にもロックが解除された地滑り後の地層のような蝙蝠傘の
いわばマトリョーシカだ、マトリックス構造だ、コンクリートの地面から10センチほど
鉛色の雨がやにわに跳ねあがる。それまでに傘をさして先を急ぐ人々の
比率が飛躍的に増大する飽食ゆえに急場の木製食器だのみの飢餓を欲す

最寄り駅まで駆けだすキビーロフばりの《汚れたプードル》走りになるばかり
通行人五人にひとりが三人にひとりとなってすれ違いざま
総勢六、七人がきっちり十人になるといよいよ蝙蝠傘よりもレッツゴー buggy よりも
《海砂色》をした窓越しのランドセルとトートバック内の画架のマッチレースだ
黄色と黄土色の、横顔と片腕のかわるがわる勝負だ勢いせめぎあいだ
防寒帽の耳がわりに依然として折りたたみ損ねたナイフのように
無風の蒸着に加えて徹底的に無色の何が何でもラバーソール

さらにすり潰されデフォルメつづきの重合を介して
吹きだしの余白で内転する反射光、もっぱら桟橋や可動橋のこちら側に
飛びだせ氷山の一角ヴィーンの酒場《橋たち《ディ・ブリュッケン》》に常備のアイスピックよ

おお《太陽のハサミ》を尻目に海猫たちの、燃油の不定形にはじけた港湾に向けて居ならぶ
倉庫群の屋上かそれとも青函連絡船運航停止前年末（一九八七年）の
函館行き最終便の船尾を雁首そろえて見送る女子高のふくよかな聖歌隊員たちの安堵
彼女らは初取材に臨場した気鋭のカメラマンにうんと誇らしげにキメポーズしたんだ
このシャッターチャンスの黒っぽい灰色の海面に近頃ペルセウス流星群が着水した

時間切れの煙の這い跡（メビウス帯を描出する数式の配管も煙道化の遠因と化す？）
天井直下の火焔の穂先の全景が見えないそのジャガーる七転八倒、連続して
爆よ爆《ヴゾルヴァリ》、色彩的に火焔ゴールドの爪先連鎖あるいはシンクの魚眼の気紛れ点眼を
思えばチェヴェングール　盤《レーベル》　のショスタコーヴィチＳＱは
脳回の土石流の爪痕を爆よ爆《ヴゾルヴァリ》、さらに弦楽の火砕流ともどもはぎとれ！

またもやボクシングのリングの殺気の動線のように霜降りのキルシュやキッシュ
赤と青両コーナーの対角線上でうすみどりの汗がマットにぎちぎちおどる滴る
両雄の息は弾んで（乱れて）、殺気の影からみるみる浮上する温熱器具どころか
危うくちぎれそうな耳朶さながらのシューズのダッシュ音
キュッキュッ、キュッキュッ雨水の染みの応酬に漫然とはよりかからず

コヨーテの毛並みの拘束衣／拘束帯／（事前にご本人の承諾は得ていますか？）
各地の地雷原で喘ぎながらも紙切れ一枚の常套手段でその場をくぐり抜ける（汗かきの
ザムザこそ）拘束帯の材質や布地の強度にはとんと無頓着で前口上以上に夜を徹して
隙間はあってもぎゅうぎゅう neurocopycatlike 締めつけられるばかり、
少々緩めてもらったところでその強度には無彩色の苛烈さにはとうてい叶わず。

[補註]

＊《忘却の時計》＝USAのニューオーリンズの写真家クラレンス・ジョン・ラフリン（一九〇五―一九八五）撮影の、《苔むしたイチイの木》の写真のキャプションからの引用。

＊《汚れたプードル》＝ロシアの詩人チムール・キビーロフ（一九五五年生まれ）の長篇詩《L・S・ルビンシュテイン宛の書簡》からの引用。二重の幻視として。

＊《太陽のハサミ》＝オーストリアの詩人インゲボルグ・バッハマン（一九二六―一九七三）の詩篇《橋たち》からの引用。

＊爆よ爆《ヴゾルヴァリ》＝ロシアの未来派詩人ヴェリミール・フレーブニコフならびにアレクセイ・クルチョーヌィフによるネオロギズムの一閃。

＊チェヴェングール　盤《レーベル》＝《チェヴェングール》とはロシアの作家アンドレイ・プラトーノフ（一八九九―一九五一）の代表作。一九三〇年代に執筆されたが、グラースノスチ下の一九九一年に完本がようやく刊行された。盤《レーベル》とは音盤（ディスク）との見立てであるのみならず存在の徹底的な落盤をも想定した。

＊ぎちぎち＝丸尾末広の漫画《ギチギチくん》（一九九六年秋田書店）の主人公の名前による。

＊汗かきのザムザ＝カフカの《変身》のみならず、ロシアの現代美術家イーゴリ・マカレーヴィチのカフカ画を、とりわけもぐらを膝の上にのせたカフカ像の何重もの線描（「シャンジュ・アンテルナショナル第3《トロワ》号」一九八五年五月パリ刊に収録）の緊縛感を参照のこと。

＊neurocopycatlike＝二〇〇一年刊行の宮部みゆきの長篇ミステリー《模倣犯》の英文タイトルthe copy catの語音の、読者の神経系への乱入もどき。

[皿の、まっさらな色……]

皿の、まっさらな色
まっさらな空身よよもやヨーグルトの身空で
喉の影のむやみに引っ掻くヌンチャクばりの筆触だ

影は暗緑の群棲かぴくぴく緩歩類《タルディグラーダ》のように
それとも黒色火薬の持続的抵抗か体長数ミリ単位の火蟻のように
ありありと建築技法の蟻づくめの蟻塚だろうか、この群棲を細密に筆写したいと

夜空に駆けあがる坂道に銀鱗を
靴音や破れそうに軋るタイヤのホイールをそこここに敷きつめて
送電線の映り込む矢印の耳にはもちろん出だしの **longtemps longtemps** だ

緑の影の群棲からみるみる浮上するフレーブニコフ石
動力学的には未完の緑の柔毛かあるいは緑のそれもミトンの手袋か
さて火の気が失せた黒い調理台とて火のタテガミの行方はいかが？

あえて飢餓するGigerのジャイアントステップスはのほほんと
空無のいわば銀屏風のように着地がゆらいで、破傷風の
さぞや空白さぞやその余白へ、給湯は急ぐ？

ガス調理台というこれも《草むらのトランクの片隅で》
大気圏内の火焔樹ならぬ緑焔樹の植生があるとしたら
ボマルツォの回想の活字の庭からはたして警笛なしに緑の蛇は誘きだされるか？

草むらは今も牧歌的に曲芸飛行中の海猫すれすれのちぎれ雲になって
刃向かう微風にすらもずんずん飛び散る

ひとつとして同じ雲型定規も雲母の劈開もない

単なる鉄棒譚とみえるものはじつは
崩れた建物のやたら鎖骨や肋骨とおぼしき鉄骨の絡みあい
丘の上の建物の黒い穴また穴を《無人のブランコ》の連続技が縁取る

コンクリートの建物のぐしゃぐしゃに砕けた地面
またもや崩落しだした建物の中で摩滅していく未解読文字のように
あらたに空気に触れて Bogota yellow がわが視界に急激に融けだした

ほーら、羽休め……　骨の方はなんだか弛緩するばかり
鶴のクルルィーによりかかればもっぱら細心にクールダウン
雲の綿毛は青灰色に喰いちぎられて流れる

暗赤の油煙が登場人物たちの表情に充満する《グラジオラス》の画家ハイム・スーチンによれば、

今や空っぽの生郷《エンプティスペース》の《スミロヴィチの村、…見上げる空はほとんど毎日、
どんよりした灰緑色であった。……》この空の色を暫時

例のモランディの灰色の柱状節理と対比せよ。
無風の連鎖だとベンチの石の目ががぜん瞠目して大気に映り込む、
なんだか息苦しい。死魚である燻し銀のペーパーナイフのように

蜜蜂たちをびっしり頭部から上半身へとさながら匍匐待機させるかのように静止させている
カリフォルニアの養蜂家《ビーキーパー》のつるつるの頭部や視覚的に大理石のような肌触りから
肩から腰にかけて巣箱の中さながら蜂の羽音がいっせいに空気を震わせるというがそもそも幻聴だ

［補註］

＊ **longtemps longtemps longtemps** ＝エドガー・ポーの **Annabel Lee** 詩のレミニッサンス。この詩の冒頭には **It was many and many a year ago** とあり、三連目には **long ago** とある。これらのフレーズを音声的に英語からフランス語に移換した。

＊フレーブニコフ石＝ロシアの未来派詩人ヴェリミール・フレーブニコフ（一八八五―一九二二）にちなんで《フレーブニコフのために》と題してアンゼルム・キーファーは谷底に転がる岩石を描いた。

＊Bogota yellow ＝ジャン・ボードリヤールが南米コロンビアの首都ボゴタ市内で撮影したカラーの風景写真。鮮やかなパーマネント・イエロウだ。この写真はジャン・ボードリヤールの写真論『消滅の技法』（一九九七年ＰＡＲＣＯ出版）に収録されている。

＊モランディの灰色の柱状節理＝二〇一六年二月二〇日～四月一〇日待望のモランディ展が東京ステーションギャラリーで（及びそれぞれ異なる会期で神戸の兵庫県立美術館と盛岡の岩手県立美術館でも）開催された。何点も彼の画面の《灰色の柱状節理》を堪能した。

＊カリフォルニアの養蜂家《ビーキーパー》＝Richard Avedon の写真集《In the American West》（1985 Abrams）に収録されたカリフォルニアの養蜂家《ビーキーパー》の上半身の写真。

《レキショ界面》

［脳天にとって意想外なことに林縁のそれは……］

脳天にとって意想外なことに林縁の
それは青みがかった灰色の切羽詰まってか
それとも相も変わらず灰ばむ青か
ＧＢの《青空》本の表紙の色か（一九三〇年代の空の色
……と覚しき色？）それとも
ＧＢの明眸の吐息の色かキラッと
そしてギラッと大わらわの光のチェーンソーの奢りだ

あのおちょぼ口の仔猫にどうして
鳥をあれほどすばやく銜える力アあるのか
通常切手の雀よりも丸々とした鳥名不詳の鳥の天辺は

思わずぷっつん鮮血のように赤い
ラヴェルの弦楽四重奏曲へ長調第三楽章のとりわけ
ピッツィカートのように赤く飛び散るあまた曲球は
ぐねっと消衰を虚空で行方しれず球道のモノカゲは

今のところ仔猫の残酷さよりも未確認だが
あらゆる未確認物体のモノカゲが降り注ぐ
モノカゲは堆積しはじめ堆積しつづけるまたもや
ない窓ガラスのないないづくしに烈風飛散する河原よ
《飛散する河原》というロゴ自体に狼狽せよ！
ＣＤの透明ケースにセロテープの接着剤のしつこい残滓
だんぜんその飛び地やかすかな隆起を

消しゴムで壊死させつつひときわクリアにしようと
ごしごししごくもあわや多重点御用達とばかりに

モノカゲはあいついで群棲する
おお、至極ぱさかで！　おお、めりすま！
消しゴムにとって奇しくも奇数の腱鞘炎の
じんじんと、そう文字通り緩斜面だから
地肌のじんじんとしじま……

いざ逆立ちする撥水ピエロの脳天と化すや
ゆうやく午後の浅瀬に突き刺したいか
晴雨兼用のアクリル仕上げの日傘を
どうだ尖端性の日向総出のまんざらでもなく
一足飛びの圏内で怖じ気づくでもなく
古書店の埃っぽいゾッキ本の棚からこちらにおいでと
身を乗りだすＧＢの今も明眸がしきりに目配せする

［補註］

＊ＧＢ＝20世紀フランスの作家・思想家ジョルジュ・バタイユの頭文字。

［いきなり夢の過剰投与、 ah overdose!……］

いきなり夢の過剰投与、 ah overdose!
晩夏の扇風機は脳回をとろとろ半円形に
なま温かい風を振りまいては極北をじんじん回る
いまや孔雀の出来損ないの発声をうながす番だ！
孔雀色こそ奇妙に混濁している

だから脳回って、 暗赤の縁取りのダリア戦線？
それとも血のあくまでも馬頭による罵倒
ふたたび充血装備のどろどろの骰子
日没までさあ急げや急げ
舌であり錠前でもあるダリアよ

血のバラードすら入鋏済だ
放火にいそしむ裂肉菌におびえるどころか
重力にからきし無抵抗で旬のイチジクのパックは
虎視たんたんとダリの厨房のパン籠の真下に落下する
回文を舌支えし可食性の辞書の鬣をキサスキサス褶曲しつつ

緑のヒロインらの
口々に、銀影を吹きつけて
かくれ帽子（正確にはテンガロンハット）なき
茹で卵よ、むしろ手負いの潜水卵
それとも二卵性でなおかつ青天井下のケーソン病？

逃亡先の通行証は気もそぞろに爪認証にまで進行するのか
爪を見れば（たとえば突き指した薬指の爪にもタテ割レの予兆）

目玉が本物の無煙炭さながらギラッとひかる？
あるいは風向きしだいの
風倒木の横臥 darkness とてバネ指か

トンボ由来の赤い救急ヘリコプターの
折からのローター音がざあざあ降ってくる
野坂版てろてろの裏地に
影の波動力学よ危うい波乗りのように
折からの千切れた風との一騎打ち

四季を問わず死期を迎えた落ち葉のように
読唇対象の昼には干からびた蝙蝠
筋張った葉脈をなおも浮きたたせ
夜盲の新調したブレードでなくとも
血管の見えぬ蝙蝠の翼を横殴りに撃てよ日射し

ワイヤレスの影絵劇
拳対空気のエンドレスのシャドウボクシング
不規則に割れつづける眼鏡のようなタウ物質の底なし
この薄刃のシャドウバンキングこそ
蝙蝠傘のひんまがった骨々の逆噴射

これも野心的な《…ワイヤの破断》により
空っぽになって
とことん身軽になって
空中に身を乗りだしさらに
空荷の身をよじらせる

［補註］
＊風倒木の横臥 darkness ＝ベルギーの画家ピエール・アレシンスキーの作品《極地の夜》の夜を想起すること。

［これが実物大の偶然の仕業であれゴムボートは……］

これが実物大の偶然の仕業であれゴムボートは息づまる
ような《砂の水母》のための急造船、今世紀のレスボス島の
埃の蔓延するソフトフォーカスの突堤だ、反転して廃館まぢかの
海辺の映画館の五里霧中でcymbaleをじゃらじゃら打ち鳴らし
茄子とトマトを串刺しにした有刺鉄線を描け未使用の消火器を

とある老舗ホテルの車寄せの対角線上に投げ出された下肢の
放置を推奨する破傷風、見えない泥によるその未開封の腫れよう
おまえは正視できないどころかそれを浚渫できそうもない眼球
この際標準的術式のスケッチを消しても消しても消しゴムの消し屑は残る
とりわけ雨模様の午後はこの水槽のガラスの内側で窒息しそう

この空間の表面上の依然として gommage のざらつき、ゲバラ葉巻を咥えて
やおらカリブ海から空想するゲバラ以後の肥大化デブリのゲリラぶり
すらっとした後ろ手によるカフェのエプロンの紐の解き方結び方、シガーさばきさながら
なんだか得意げにその横顔の媚態をみせながらズームアップで
乗りこなす南洋の波乗りもどきの巧みな指さばき

年嵩のいった口がケチャップへの懐郷をいきなり所望するのは
ゼブラ仕立ての直滑降、まだアイスバーン化したわけでもないのに
延焼中の３Ｄ＝デブリやデトリタスやデコンブルの果糖にたかる
蟻の群れとて気紛れな浮遊物体にあらず、ひとしきり檻の片隅で
いじけて寝ころぶ猪のうんともすんとも言わぬ秋日の中也のふて寝である

動物園でさっそうと黄緑の水浴びをするのが灰と黒の獏であるのに
対し、いらいらとヨコ位置で思いきり体軀を伸ばすチータ（雪豹に

ワープして）縫いぐるみに類した前者は水槽でバシャバシャはしゃぎ、
いやはや後者は乾燥肌の女帝みたい気球やフライングゲージに
安置される、ＦＭ局でようやく放流されたベートーヴェンの交響楽

の耳を咥えろ、鳥の嬌声よおまえの羽根ほどは華麗ではない
自動人形の折れた首のように片手で未完のシニョン結いにいそしむ
窓際でのえんえんと反復される膝蓋反射《ニージャーク》のように
サグラダ・ファミリヤのジャーク際立つ空間際のカミソリまけ
バルセローナ産のポークジャーキイのジャンキイぶりに鑑み

地面すれすれでもつれた病名の地誌を案の定除籍せず
夜闇の黒鳥のひかがみ《ジャレ》を追跡せよ、あのガウディの必ずや
自署名Ｇの孕むノブ、繰り返し長身のキース・ジャレットのように
後ろ姿を逐次更新する《Bye Bye Blackbird》よマンホールの蓋を
やんやの象牙焼成《アイヴォリイ》ブラックの影をおとす虚実の遠近法とともに

思わず驟雨のネジがすっぽり抜ける、《年輩の女が、傘を広げようとして、
トランクの形をした緑色のブリキの小箱を落とす、
波止場の敷石にぶつかって箱はつぶれ、蓋がとび、底がぬける、
金目のものは何ひとつない、
大切なものだけだ……》路上でもっぱら傘の描く放物線だけ。

［補註］
＊《砂の水母》＝ミシェル・レリスの詩集『癲癇』に収録の詩篇「砂の薔薇」からの引用。
＊自署名Gの孕むノブ＝建築デザイン誌 a+u のアントニオ・ガウディ特集号（一九七七年一二月臨時増刊）の巻頭頁を参照のこと。
＊《年輩の女が、傘を広げようとして……》＝ジョゼ・サラマーゴ『リカルド・レイスの死の年』（岡村多希子訳・二〇〇二年彩流社刊）からの引用。

［その画面上で泣き叫ぶ幼子の涎は……］

その画面上で泣き叫ぶ幼子の涎は涙よりも透明だそもそもルーペで見れば
新聞の粒子のあらい激写のスクラップのような《ダイアン・アーバス》写真には
慌ただしく印刷インクが視覚に付着するように涎を垂れ流しつつ泣き叫ぶ幼子と
涎のすっかり乾いてどんより泪目の幼子の二つのヴァージョンがある

フィルムとしてのささやかな饗宴の陶磁の皿に映り込む
顔面に漆黒の pinholes を残して包帯をぐるぐる巻きつけた
これぞ矮人間で、顔から首にかけてひび割れやすいフォルム
珈琲豆の芳香が残存するドンゴロスの袋をすっぽり被った人間だ

焙煎済みの珈琲豆の匂いはその麻袋の内面から消えない

厖大な鉱物コレクションの陳列棚にならぶ無煙炭のように黒光りのする
象牙黒《アイヴォリイブラック》は矩形のパレットのきまって最も右端に陣取り
博物館の片隅の埃さながらギラッと発光する

Gilles の耳朶の雪上にぐねぐね奇数の穴が刻まれた《狼の線》
灰色の狼が絶滅したかそれともむっくり再起動したかどうかはさほど重要ではない
雪線に黒々とスパイクされた底なしのブラックホールズを
あえて輝緑岩の甲高靴かあるいは砕氷船の接写であのロランド裂溝を踏みはずす

ドンゴロスのざらざらの裏地におけるコヨーテ顔貌の居場所
足跡はその居場所願望を暫時特定する方途を提供しない
炎熱の海辺まで血の釘を攪拌しつつ熱砂の矢印を見失わないように
足跡に平行して岩石に密閉された稲妻ともども極力保全する

つるつるの競馬の予想紙が漂流する漣痕さながら《海の bleu はある種の堆積の結果だ》

脳内のタブロイド版の数字の踊り場で開かれる紺碧の傘よ腫れ物よ
脂肪の後ろ影を求めて仮面の裏側の掻痒感と、やたら毛穴を刺す
アビシニア高原産ドンゴロスの裏面の好戦的《ゲレーロ》掻痒感をぜんぶんに比較せよ

さてイサドラは皮膚呼吸で空気を吸い込むのと同じだけ空隙を吐きだす
サヴィニオによれば主人公は舞踏という空荷の《いかなる影も投影しない
この大理石の骨格、このパルテノンの影のもとで誕生すべき》任意の吊り手として
地中海における擬態能力のその飛跡には空気抵抗が少ない

雪の礫のトランクを提げて
おもむろにSisters Grimm Talesの双耳の路傍を歩きだす
その靴紐は否応なく群棲する足跡のほうへ
前世紀の宇宙船のタラップのようにほどけている

（ここで第四節の詩行の遠近法を参照のこと）

闇の保護色で狼の足跡を彩れ、魂の筋肉の収斂する弦楽器のみならず
サヴィニオの sound check によれば《蟬しぐれは白い街を
ペコリーノ・チーズの型のように引っこ抜き、

次いでその街を白熱した空に持ち上げる
ように思われるほどけたたましい》、イサドラの爪先を不意にかすめる
たとえば《幼年時代の闇の中できらめく最初の記憶は火事のそれだった》、軸足の
安否を問わず《三歳児イサドラは窓の天辺から巨漢の警官の腕の中へ飛び降りた》

［補註］

＊《ダイアン・アーバス》＝ダイアン・アーバスの写真集《マガジンワーク》（一九八四年アパーチュア刊）に収録された泣きじゃくり涎を垂らす幼子の写真。

＊Gilles＝フランスの哲学者 Gilles Deleuze（一九二五―一九九五）。

＊《狼の線》＝《狼の線》の写真はジル・ドゥルーズとフェリクス・ガタリの共著『千のプラトー』（一九八〇年パリ）の三八頁に収録。

＊《海の bleu はある種の堆積の結果だ》＝アンドレ・S・ラバルト《明らかに、必死に》（一九九七年ストラスブール）からの引用。

＊イサドラ＝J・G・バラード執筆の《二〇世紀の語彙集のプロジェクト》（ZONE第5号に収録）における《イサドラ・

ダンカン》の項目によれば「マシーンは彼女の規律過剰のボディーをみずから振り飛ばした、彼女のクルマの後輪は致命的なリトル・ジグを踊る、彼女のスカーフの端のまわりで」。

＊サヴィニオ＝アルベルト・サヴィニオはイタリア人の作家、音楽家、画家（一八九一―一九五二）であり、本名はアンドレア・デ・キリコで、画家ジョルジオ・デ・キリコの実弟である。アルベルト・サヴィニオ《イサドラ・ダンカン》（一九八四年／二〇〇九年アデルフィ刊『人々よ、あなたの物語を語れ』の二二九〜二九九頁に収録）から三箇所引用した。

＊Sisters Grimm Tales＝アレクセイ・アイギ（ヴァイオリン）らのアンサンブル《4分33秒》ならびにヴォーカルユニットNeTeが演奏し、一九九七年にSolyd Recordsがリリースしたドミトリイ・ポクロフスキイ追悼盤のCDのタイトル。

［とかげの匍匐のように満を持してひび割れた壁の唇……］

とかげの匍匐のように満を持してひび割れた壁の唇
メンヒルの苔地肌を眼球のとかげ《カラヴァッジョ》のように幻視せよ
普段使いの蒸し器の真鍮底の地肌とて、ところどころ
錆模様を呈す、 褐色にも濃淡がありまだらにかな臭く
（遅ればせながらとどめの一発のような気がして）
タテジマの真夏のとかげ《カラヴァッジョ》が植え込みからあたりを窺う

摩滅も摩擦も麻痺もそれぞれ地肌にかかわる
突起も顆粒も粟肌もダーマトグラフも地肌に着地する
砂塵も砂礫も砂嵐も砂時計も粉々の cyber space であるばかりか
粉塵の外翻オペレーションだ砂の粒立ちで紛糾すれば

これらは砂丘の風紋の外周へみるみる飛散する
多声の蟬しぐれは7月末にはきまって休廊する画廊の

壁面で滞留する、《時間のカーテン》の揺曳から手を引け、
今にも動き出しそうな泥だらけのニンジン三態
画家ＦＢのくるぶし付近に蝟集する豹柄の毛細血管の群れ、
裏返しにのたうち蚯蚓腫れわたる、さりとて
画家ＬＦのくるぶしで見返すや moon walking
その周りでひしめく鮭身《サモン》ピンクの流砂

前夜の天気予報より三時間遅れで降り出した雨空の
オブセッションと思いきやロスタイムの左手のレント、
ラヴェル残響にて密室恐怖の空間に風穴をあける
光線が擦りきれんばかりの音場のデカダン伝説、
おおサムソン・フランソワのピアニスムの激流よ

《アニマの忘却》だから反響する影＝本体のBr流失

キーファーの真夏のタール本のエッジを鋭意縁取るのは
とけだすハイシーズンの真紅のハイビスカス茶か
それとも愛玩犬のじゃれ声に似た若干不揃いのベゴニアか
それとも手入れの行き届かぬ庭の雑草か
密生する季節外れのつつじや風倒木に紛れて眼球《カメラオブスキュラ》のとかげ
とともにアノニムを貫く雑草のそよぎすら青空の一閃

とかげの尻尾のようにスパッと断裂しそうなアキレス腱に
留意しつつたとえば箱庭もどきのセラピーの囮を
おまえのくるぶし＝蝶番に格上げする、アキレス腱の腐蝕を
セラピーの箱庭に差し向けよとかげの目蓋の開閉
ノイズの浮氷であれじりじり真夏の視界を遮る円錐の
求心性を増す顔のデッサンに対する線影の仕掛けは早い

［補註］

＊《時間のカーテン》の揺曳から手を引け＝ブルーノ・シュルツの『砂時計の下のサナトリウム』からの引用句をパラフレーズした。

＊画家ＦＢ＝イギリスの画家フランシス・ベーコン。一九〇九年ダブリンで生まれ、一九九二年マドリードで病没。

＊画家ＬＦ＝イギリスの画家ルシアン・フロイド。ジークムント・フロイトの孫として一九二二年にベルリンで生まれ、一九三三年家族とともにイギリスに移住し、二〇一一年にロンドンで病没。ルシアン・フロイド自身、ベーコン作品の画題にも登場する。

＊**Br**流失＝**Br**とは、ゲルマン神話のヒロインにしてジークフリートの相手役であるブリュンヒルデ。アンゼルム・キーファーはたびたびブリュンヒルデを画題にしている。

［往年の野球 graphics における魔球の球筋のような……］

往年の野球 graphics における魔球の球筋のような風葬よ
吊るし鈎よぱたぱた暗く黄ばんだ野晒し鴉の破線の群れ
舌がかりに枕木の梢の大空に達する折りたたみナイフ
微風のヨコ位置では皺の波がしだいに振動するのに対し
椅子のタテ位置ではもっぱら白熱した視線の檻と化す

あるいはシンデレラ固有の靴先の切尖で
顔面のトポグラフィーを点々と腐蝕せよ、おもむろに
顔面を賭シテ周回するジャコメッティ線に密着する
干し椎茸の地肌にさらに勢いよく杭打ち
空間のピンクの釦を、セラフィーヌ花に服喪中

干からびた視神経造花のまだ蕾の痣を埋設しろ
次いでその直近にヒトの立ち姿を
矢印のように配置せよ空薬莢の舟を暫時
階段裏のオブセッション塵を
芒のように衝いて、満天の星屑ラジオの一隅で

たとえば喉のさらなる渇きを承知で強面の
夏こそ塩ぶたキャベツのレシピをすかさず敢行せよ
第一線とX線との網目に宙吊りにのトレペ捕食
この視線のバシャバシャ落とし卵をする
砂場の倒影にあっても砂紋の査問にさらされる

否応なく蜥蜴メタリックに置かれる銀蠟の階梯
色彩の物影、気紛れにくすんだ色合いというより

依然として臨死状態にある物影や物音、
それらのページに滞留するのはあくまでも過剰に
空中ブランコ乗り《トラペジスト》たる光と影の交替劇ではなく

ヒトの神経を宥めにかかる灰色の列柱もどき
空間のエッジにして物体の静態だ
動く鳥影のエッジにして物音の動線だ
偶然耳にしたドビュッシーの cake walk にして
靴音の残響のそれでも消えなずむセピア座礁よりも

月光は焦げ茶ばむと言えるだろうか、その色調は?
群れなす埃は空間の底辺にセピア色に沈殿して暗中模索
微細動してはしだいに淀む、それゆえ沈黙は闇の心臓だ
猟犬的風貌を堅持しつつその沈黙は深く、沈思にして
黙考のピッチは単調なるがゆえにますます増幅する、

張り裂ける闇の裂け目にいきなり沈黙が介入し、時折
闇のフィルムが疼きだし沈黙のラバーソールに差し戻される、
破線の点滅する火焰の dots が沈黙の粒だちが
澎湃としてスターバト・マーテルのように
言葉の倦怠が待機するその空隙にかわるがわる隆起する

なぜか《凄腕》広告の筋肉の図解ばかり３人や５人の
肩よりも喉にがぜん筋交いが入っているせいか銅鑼の音は
つとに廃盤になったＬＰ盤のアルトやコントラルトも
卵形天井めがけてはしゃいで曇りガラスにディテールを引っ掻くようで、
音景のオノマトペはさかんに亢進する

［補註］

＊セラフィーヌ花＝アール・ブリュットに属する画家セラフィーヌ・ルイ（一八六四―一九四二）。代表作は《楽園の樹》。無敵の（＝サン・リヴァール）女と自称した。四一歳で絵を描きはじめ、七八歳で亡くなる十年前に精神病院に転院するまで、独特の精緻な花や果実や樹木や葉っぱの絵を描きつづけた。

雪よふれ、もっとふれ

この日もまた、モスクワでも
リャザーニでもトゥーラでも
ヴラジーミルでもカリーニン
でもそしてヴォーログダでも
雪が降った

パーヴェル・レオニードフ《白鳥小路》

老犬が森山大道による実写のように横切る小樽・花園町から
相次いで発火する肉離れの
木炭ストーヴで吹雪を縫合し
それぞれの急坂を血腥い泥炭層へ

さあルェランの岸辺のどよめきまで
帰塁をうながす伝令が飛ぶ時代の濃淡をずらしながら
それぞれの背中までまずは猫背まで
野犬のように漲らせる息づかいの帆船は
もっぱら牙関緊急の唾に乗じて滑り降りる
彫りのふかい破線のチャートが
（鉛色の天井では）色彩的に亜鉛《ジンク》がかった鉛色の植生の
ブラキストン線の横断する津軽海峡の本物のチャートが
フィルムの決壊にぐんぐん銀輪を弾ませる夜は
おいそれと入念にヒゲを剃ることはない
雪よふれ、もっとふれ
その加減乗除の繰り返しだ
闇に事物が馴らされない雪には最新のサイレンサーもどきに
雪華の引き受けるあらゆる憧憬が屯するのだが
さらにその末梢神経のアンチエイジングをめざす吹雪かたにも

無数の靴跡めがけてそれぞれ重力がしなう、いまなお鞣されぬノイズの凹凸が
ざっくり切れ込む、ここではロベルトこそ
ロベルト・シューマンこそスケート靴の銀一閃ブレード
《密かな跳躍》まさに空を切るバンジージャンプよ
長年月の二重窓を経て湿りだしたモノクロ画面には
砂浜に乗り上げたままの廃船の肋材のマチエール
これまた物性をくろぐろと実写する狂気のアローマをまたもや
ぐるぐる首に巻きつけ匕首のような歌謡曲の曲想の
オーバーハングを百も承知で写真家は火酒をあおり五臓六腑に走らせる
（あるいはなぜか真冬のパリのスラング集合にして吸血蝙蝠《マルドロール》のひしめく場末で
腹わたのアナルシーをすっかり裏返されて）
こんなにも破綻のない単純さゆえに破綻の先取りを
いまかいまかと待ち構える雪のシンタックスを
雪盲ゆえにとことん雪上の宴へ誘きだせ、とばかりに whiteout!
スナップ及びスピンの利いたピアノ曲集の破片が宙に突き刺さる

ステップアウトして静まり返った波間の眼光総出の
ピアニストの晴眼はいま
ダークマターの魚卵《イクラ》を携えて
あらたにvisionsの鋲打ちをカウントしつつその火花《イスクラ》をあらかた刻みなおす
あくまでも雪中の単独走でありながら
波打ち際の勲し計量的には
写真家のくゆらすぶあつい紫煙は空撮だけでは轢断されず
《天気予報》の腹の皮が連鎖的によじれる
それぞれの奇数のネジになった、ほらジャイロスコープには不可欠だが
雪の火花のいまもdancin' all night《鼓膜》のたてつづけに 剝製《タクシデルミヤ》 になった
かつて、あるいはいつ頃から有視界のマスク姿の男女は革手袋姿に比して
老いも若きもこんなに多かったか多くなったか
とはいえ装着したこれらマスクの虚実をいまさら問わず

［補註］

＊パーヴェル・レオニードフ＝一九二七年モスクワで生まれ、一九八四年ニューヨークで亡くなった。一九六〇年代及び七〇年代のソ連の軽演劇界（エストラーダ）を率いた伝説的人物。

＊《白鳥小路》＝一九九二年ＮＹでロシア語で刊行されたパーヴェル・レオニードフの作品集のタイトル。アルフレッド・トゥルチンスキイの写真も一三葉収録。このエピグラフには原文では《ところが正午頃には雪は溶けてしまった、天気予報に反して》といういわば興醒めのリアルなくだりが接続する。

＊闇に事物が馴らされない雪には＝ロシアの詩人ベラ・アフマドゥーリナが一九八一年に執筆した詩篇の詩行をパラフレーズした。

＊《密かな跳躍》＝シギスムント・クルジジャノフスキイの短篇小説「逃げた指たち」からの引用。

＊腹わたのアナルシー＝一九四〇年レニングラード生まれの亡命詩人・コンスタンチン・クジミンスキイの太鼓腹の裏側を、釘で引っ掻くように想起したい。ぜひとも《パリの五臓六腑におけるラスコーリニコフの歌い手》たる画家ミハイル・シュミヤキンに彼が一九七五年に献詩した作品の詩行《研ぎ師よ、研ぎ師よ、斧を研げ！》を参照したい。

（一九八五—二〇一七）

［記憶の奥深い藪から棒に鉄錆それともこの期に及んで……］

記憶の奥深い藪から棒に
鉄錆それともこの期に及んでその片隅で疼く
物騒なことに胃穿孔からみるみる移動を早め
ちぎれ雲は外科病棟の上空から
あのニコラ・ド・スタールの埠頭から消え失せた

あの夏の日、燃えさかるブリキの空き缶の炎の舌に手をかざすように
がんがん油照りの昼下がりの否応なく耳をくっつけていた鉄路の
名張までのましてや桜井への延伸は戦時中ついに叶わず
（開削図面の黄ばみを尻目にトンネルはとんと通じず）金輪際
あの名松線の臨時列車を含めいかなる藍染めの特急列車も走行しなかった

そう、暁にも貨物列車を除いて一編成も爆走しなかったあの狭軌の鉄路に
炎天下なればこそ地球の曲面にじかに耳をくっつけていた、当の傾聴地点に
さしかかるその手前の駅の駅長さんの小学生の娘《こ》はどうも行方不明になったらしい
ごとんごとんぼくの耳が火傷しそうとはいえ火傷をおそれぬテレパシイで
じりじり太陽とのピアノ交信にいそしむ

干潟の泥のような狂気の檻にみずから飛び込んだままの
Kii·chann よ、怪訝そうに届いたばかりの噂の口々で錆びだした空気の檻には
磯の香りの充満するあの海辺（《海のエッジ》よ）にはまだまだ遠い途中の鉄路を
なぜか半端にペチャンコの鞄ひとつのうしろ影で
松阪の高校に通学していたという Kii·chann よ

いつからかいつまでか知らぬ間に、「キーってすんねん」「キー？」
このままでは（終点の興津から越境したはずの『萌の朱雀』の

乗合バスのような）神隠しじゃあないか？　眼裏のそれとも真冬の映画会？
洗いさらしのコールテンの既触感《アプティック》？　Kii-chann の膝頭は
集合写真のセピア色の渦中でわんさか底光りするごろんと反転する

（この炎天下にモンドリアン柄をさっそうと身にまとった若い女性の
うしろ姿の横倒しの矩形のとりわけ青と黒と黄と灰と白の《救命胴衣》だ
これら横長の絵の具箱よつとに美術館で確認済みのモンドリアン画面の
ひび割れはもちろんその柄の生地にはなく、その代わり彼女の右手には
よちよち歩きの幼児がきょろきょろ新玉葱のようにぶらさがる）

あまりにも静穏であるがゆえに騒々しい記憶のだれが植えたか
春すぎてトランクの片隅でえんえんとツツジの群落を誤読しつづけるゆえに
微妙な誤記の連続ゆえにほんの少々粒立つ塵また塵の旅立ちゆえに
《あの夏の日》は終日しつこい磁気嵐に見舞われるどころか
すっくと成立する **oh time-wandering in progress！**

［補註］

＊「キーってすんねん」「キー？」＝河瀬直美『萌の朱雀』（一九九七年幻冬舎）二五頁からの引用。

＊終点の興津から越境したはずの『萌の朱雀』の乗合バス＝『萌の朱雀』における奈良県内の鉄道新線（《坂本線》）建設断念の設定は、第二次大戦末期の名張を経由して奈良県側へのトンネル開削が未着工の名松線と類似しているので、あえてここでは幻の《坂本線》を三重県から奈良県への越境線構想と誤読した。映画『萌の朱雀』には山間をゆっくり走行する乗合バスのシーンがあるが、その風景が記憶の中の興津周辺の実景と似ているのもその一因である。当の名松線は二〇〇九年の台風被害で松阪・家城間の運行体制になり、家城と終点の興津間はバスで代行された。このほどＪＲ東海に問い合わせたところ、2016・1・22日付中日新聞津市民版で報じられた通り、二〇一六年三月二六日を期して始点の松阪から終点の興津までの直通運転が再開された。早速、感動十景第33号・中部の旅・春号という観光パンフレットに運行列車（いつも一輛編成）の写真入りで収録された。

＊《あの夏の日》＝石川セリがなんともけだるく歌う同名の映画の主題歌《八月の濡れた砂》に登場するフレーズ。

（二〇一四―二〇一六）

［超高層ビルの自動エレヴェーターのように……］
second version

超高層ビルの自動エレヴェーターのように
プロレスラーの寸足らずの耳から決壊する——すなわち脳天をキーンと南方発祥の
《白熊》アイスの純白のもろ強烈な食感とは異なり
どの動物園でも白熊たちは天下りの
万年雪のようにうす汚れて黄ばんだ毛並み、
もう《新雪》の純白は色彩として
脳内の氷雪上にしか見当たらない。

水族館の目玉のイルカショーの俊敏なドルフィンキックよりも
はるかに華麗で根腐れとは無縁の神経網のダンスを

くらげはゆうやく垂直に披露してやまない、釉薬のように
くらげの透明な暴力性は徹底的に神経のそれぞれの尖端にまで刺創にまで到達している、
あるいはロラン・バルトの指先確認でエルテ誌上の火文字の数々を参照せよ、
同時代のダンスは蛇ダンスでも相次いで文字の踵の発火するのと同時に
毛髪エクラの傘のもとタイポロジックなダンスを

脳内の気密性の高いうだるような水槽のうだるような水中の
じつは埋没樹林のヒトの背丈までなら
熊蟬の集合体もたとえばＪＲ熊本駅頭の樹木でいとも簡単に素手で摑まえられる、
蟬の籠絡されぬひたむきさ、というよりアモルファス体なのに無垢さが際立つ
無防備さこそこれらの蟬の最大のディフェンスに他ならない（メンヒルの苔地肌を幻視せよ）
詩人リンゲルナッツのくらげ小母さんは象をこよなく愛したそうだが
無人のグラウンド脇の樹林の油蟬たちは蛻の殻になる前にこぞって何を所望するか？

ダークイエロウにむせぶ夏空の鳩尾にはバナナの褐色の挫傷を

真夏にこそ繙くバンデージした拳のバンジージャンプの一冊として《緑陰図書》にまず
レイチェル・カーソンの《海辺》（平凡社ライブラリー）を
泳げないあなたのもう一方の拳にはほら
石井忠編《漂流物事典》（海鳥社）がうってつけだろう、
取り急ぎ開巻したこの珠玉の一冊をランクインさせるよう
海驢の遊泳にクランクインしよう

あじさいの葉っぱに黒一点黒い虫がズームインするだけで
その葉っぱの動線は変わる、一挙に斜線で
光線のまぶしい葉脈をまたぐアクセント記号
あるいはサッカーボール大のキャベツの半円形の表皮から
水滴のように転がり出た青虫、色彩に忠実なら緑虫だが
色彩の鮮明度ともどもキャベツの鮮度を保証する雨の日の出来事だった、
雨に濡れた波消しブロックから爪先のレ点を逃走させずともＯＫ！

不明熱で切断された電気柵から漏電した川の水は
何色を呈するか？　Ｆ６の画帳に早速びりびり水中の発色を試みよ
徹底的に無色であればそれは電流のもっとも密植的な発色だろう、
かつての音威子府のすとんと《真っ暗な夜道》に首ったけ
感電死を呼ぶ川の漏電水をすするさびた遊泳禁止のホイッスルの唾よ
水色は一縷の変色の望みもないままのその漏電水の色目か、その帯電水は何色で臨場するのか
あの応挙作《氷》の線条の弛みなき上向きの発情のきびしさかそれともあのＧ線上のアリアか

［補註］

＊ロラン・バルトの指先確認＝ロラン・バルト「エルテ、あるいは文字通りに《アラレットル》」（ロラン・バルト『批評論集Ⅲ――自明なものと鈍いもの』一九九二年スーユ刊に収録）を参照のこと。鉄道員たちがいまもって実行している指先確認のように。

＊詩人リンゲルナッツ＝ドイツの詩人、ヨアヒム・リンゲルナッツ（一八八三―一九三四）。詩集に『動物園の麒麟』（一九八八年国書刊行会）ほか。

＊《真っ暗な夜道》＝わたしが九〇年代のＪＲ宗谷本線の音威子府で途中下車して、あたりの漆黒の闇に吸い寄せられるように撮影した数ショット。

＊あの応挙作《氷》の線条＝円山応挙（一七三三―一七九五）の晩年の作品できびしいヨコ位置の線だけから成る《氷図》を指す。《氷図》は大英博物館が所蔵する。

［遺失物は不特定多数の時計だとしたら……］

遺失物は不特定多数の時計だとしたら
拾得物も同じく不特定多数の時計だろう
これらの時計はどうも文字盤のカラフルな腕時計ばかりらしいが、
武蔵野美術大学の掲示板に一括して写真付きで掲示された
《遺失物　時計》としてこれらを半円形にアレンジして
はるかドルメン由来の腕なし腕時計ばかり
どのようにしてコンクリートの地面に置き去りになったのか
教室のどこか私語満開の机上に置き忘れたか
たとえば文字盤が豹柄の Hublot の新聞広告
その広告のアイグラス越しにはざらざら粒だつ dots 圏に
現時点での遺失物として人知れず失踪者として

静物画の果物も野菜もない秋の空気めがけて
今も気鋭のスナイパーたりうるニキ・ド・サンファルの画面の地肌よ
白い航跡をどろどろ繰り出せ発色射撃の乾いた音攻勢でもって
積年の竜頭の置き忘れとて
揮発性の多重の射幸心ならびに
敵失がらみの精密ノイズの驚愕ではなく
（いきなりしびれ鱏である）
あるいは今後の《技法に食傷》気味の後退線でもなく例の果敢に
内向するレキショ界面みたいに内視鏡で一昼夜ごぼごぼ観察したような
時計の皮膚の発疹をぼこぼこポリウレタン丘のように裏返し
きまってビートルズナンバーズのプレイバックおよび
それらの《イマジン》渦中の亢進を！
鳴ればほら耳時計に騒音音楽の片鱗を注入して
ほらこのマンホールの鉄蓋も揺さぶる耳時計に
やおら《遺失物　時計》と掲示されるや

凩一号がこの一字あけを吹き抜ける
十一月にはこのストーン半サークルは
忽然と消え失せたしごく当然の誰何もなく
一挙に抜歯された、骨を腐らす高額のインプラントを施術するわけでもないのに
図書館の急階段から眼光のするどい dots ＝猟犬のように
色褪せても獰猛な作家マクシム・ゴーリキイの相貌が
駆け下りてくるきついポマード臭で髪を塗り固めて
銀灰色の時間に迷い込んだ失踪者はこの相貌を接写する
これは目蓋の裏の印刷むらかそれとも経年の乾燥肌か

［補註］

＊ニキ・ド・サンファル＝ニキ・ド・サンファル展は二〇一五年九月一八日～一二月一四日に国立新美術館で開催されたが、会期中展示場の一角では標的に見立てた壁めがけてニキ・ド・サンファルがスナイパーよろしく白い絵の具を連射するヴィデオがエンドレスに流れていた。

＊レキショ界面＝フランスの現代美術家であるベルナール・レキショ（一九二九―一九六一）。短い生涯であったが、ベルギーで刊行されたカタログレゾネには六〇〇点の作品がカウントされている。たとえば彼の作品は環形動物や線形動物の描出や

植物性の線描が特徴的である。

＊マクシム・ゴーリキイ＝二〇一五年一〇月一日〜一一月三〇日の会期で武蔵野美術大学図書館展示室ならびに大階段にて《マリク書店の光芒》展が行われていて、そこにソ連時代のプロパガンダのグラフ雑誌も展示されており、そのうちの一冊の表紙を当時の花形作家マクシム・ゴーリキイのいかつい顔が飾っていた。

《フェルマータの眼を》

［振りかざすナイフの刃に似た鳥の風切り羽《レミージュ》……］

――ヴェリチコヴィッチの19点のカタストロフ画に寄せて

Ⅰ　濃霧のプラグを引き抜いて

振りかざすナイフの刃に似た鳥の風切り羽《レミージュ》
吊す鉤がやおら褪色し文字通り血潮が色褪せる死の鋸の目立て
Arz. 氏の友人たる元高校教師の夫の死亡証明書を
簡易書留で郵送したいと郵便局の窓口で思わず首を振りつつ申し立てる
彼女の右に左に首の振りようはこの一年でますます激しくなった

窓口の郵便局員は書留にするか簡易書留にするか
いくら顔馴染みでも彼女本人にきちんと確認しようとする
彼女にはそのサーヴィスがすんなりとは飲み込めない、疎林か密林か

事故時の賠償金額と送達途上での追跡方法が異なるということだが
封書の中身は夫の死亡証明書だから簡易書留で出すことにしたと小声で
告げる、今日は長年の愛読書『箱男』と『密会』を携帯していない
去年は行きつけのカフェでそれらの文字を舐めるように読んでいたのに、
いささか黄色味を帯びた白髪は頭頂部から薄くなってきた、話し相手として
申し分ない今も女学生然とした娘さんは今日はどうしたのか
暇つぶしの消印はきれぎれの効用かふたりして語り合っていたものだが。

頬骨の突き出た元高校教師はハスキーヴォイスの持ち主だった
埃っぽいおんぼろ扇風機ほどではないが不意に彼女の首筋が緩んだ
あの頃はもう夫は寝たきりだったのか、今や老優の迫真の
演技のみならず死別の覚悟が彼女を気丈に見せていたのか
血まみれの鉤を幻視する痰の滑車の《上昇》も《下降》もだ

血痰の括弧をはずした双方のヴェクトルを追え、半身を捻っては叫び
指紋の括弧をはがした小柄で無防備な《イマジン》なるスプラッターもどき、
ころころした体形の《ソリプシスム》の括弧をあのきいきい歌姫
ヨゼフィーネさながら単一にして複数のカタストロフのきつい仰角を
喉のアポストロフに季節はずれ（＝死の季節）の喪服のほつれを思いきり

（落葉過程の一環として私の喪服は封筒の軌道からはみだすので
ここには同封しませんせめて深夜むせび泣く服喪のアローマのみ生き残ってほしい
鼻中隔と気道がややもすればもぞもぞするかもしれません肩を震わせ
振りかざすミステリイのナイフと言ったってしょせん目の前に取り出して
見せるわけではなくあくまでも映写幕の漆黒のメターフォラです）

これが校庭の metasequoia の決定的に他人事になる瞬間を見計らって
ゲッシ類願望の実現をはかるプロフィールの赤色でも緑色でも
《イマジン》暈倒の傾斜角はきびしい、闇の唐変木かそもそも

暗渠への投首か滑り込むジュラルミンケースか、ともすれば思案の斜影の
耳では死の舞踏まがいの豹のタップダンスが檻の床を踏み鳴らす

Ⅱ 《時間鋏》の鏡片

think よ気色ばむ脳内の sink よ油井弁よ
当然ここでは時間測定はバンジージャンプで
被覆されるジャンプによる、おお決死の bungee cord
すなわち蒸しあがる空無におけるネズミ計時は
紛れもなく赤褐色とセピア色のせめぎあい

やおら死の毳立つネズミは滑車のリフティング
鮮紅色の悪循環やらデラシネよりも
ふさふさと戦がせる《鏡の中の鏡》という昏迷
鉤よ鉤よ逆V字バランスの連続体

《鉤》の夜は黄色のポールを画面の左サイドに立てかける

おおヴェリチコヴィッチによる、血腥い画面にして
時間のネズミ捕りからの血みどろの解放を
無音の斧《アッシュ》の浜辺よ
大至急、色彩のあえて消音器付きcannonballを
ＰＡなら《極地の夜》と名づけそうな《場所》から黄色のポールを画面右斜めに立てかける

Ⅲ　デブリのスウィングに対抗するには

間断なく（ラジオが音声を振りまいては）蹴りあげる
いそいそと岩峰の歓待する剣山という類推の山のディストピア
着地は断続的 捻挫《ディストルジヤ》もしくは光の歪《ディストルシア》みは快哉を叫ぶ

はりめぐらされた非常線の裏を寝首をかくような

鶏頭の原色の小首を傾げる間もなく解体された消火栓
この静かなる修羅場における不機嫌《アルニュ》とファイト《アルニュ》は果たして同義語か

ちかごろ不眠症ぎみのボクサーも
元空中ブランコ乗りもびゅんびゅん
間断なく絶食のスウィングドアを煽る

［補註］

＊ヴェリチコヴィッチ＝一九三五年セルビアのベオグラードの生まれで、フランスで活躍する画家ヴラジミル・ヴェリチコヴィッチ。19点のカタストロフ画はすべてミシェル・オンフレによるヴェリチコヴィッチ絵画論『カタストロフの壮麗さ』（二〇〇二年ガリレー刊）に収録されている。

＊『箱男』と『密会』＝いずれも安部公房の作品で新潮文庫に収録。

＊《イマジン》＝ビートルズの楽曲にして彼らの同名の絵画作品。

＊《鏡の中の鏡》＝パウル・ツェランの詩行ならびにアルヴォ・ペールトの複数の楽曲のタイトルからの引用。

＊《鉤》、《場所》＝いずれもヴェリチコヴィッチの、一九八六年の油彩画。画面左右の黄色のポールが特徴的である。

＊PA＝ベルギーの画家ピエール・アレシンスキーの頭文字。

＊類推の山＝シュルレアリストのルネ・ドーマルの、一九四四年に絶筆を余儀なくされ、未完に終わった代表作のタイトルの引用、この『類推の山』の邦訳は河出文庫に収録。

［アフリカ大陸東岸のモザンビークで解体された武器で……］

アフリカ大陸東岸のモザンビークで解体された武器でぞんぶんに
捏ねられたパンを解体されたパーツで焼きあげもはや狙撃の血統書付き
ではない解体された銃器の文字で書かれた本を頁の地肌ごと鉄よ
棒読みして内戦で再三使用された武器をばらしたフルートを吹き鳴らし
ギターを鉄爪で弾く鳥が空中影が警護する元武器製の自転車のリムはすべて
元トリガーだ男女二人乗りで子どもをおぶった女の胸は銃床に由来し
同じく解体された武器製の犬が鉄の滑舌を垂らして必死に伴走する

（十一月でもその男は着なれたラガーシャツ姿でヴィスのように汗ばむ、
その周囲でコスプレ子ども ninja らが忍者役なのにわいわいはしゃぎまわる）

あらゆる《非売品》と引き換えに解体された武器製の二脚の椅子は
だんぜん黒白モノクロームで某写真家が撮影したＵＳＡの電気椅子の即物性に酷似し
傍観者の座り心地凭れ具合はもっぱら椅子への通電をまって決まる
この場にいったん静止中の蜥蜴も首長鳥も鳥名不詳の鳥もその鳥影も
もちろん元武器製、銃器の静態の時空をはるかに超えて
現れたのは時間の黒薔薇を束ねた静観という《バラを持つ恐竜》で
ゆうぜんと鉄錆の川を潜航し、川面に浮上するのは鰐の幻影だ

（隣接するモネ展のチケットを買い求める長蛇の列、その乾いた熱気を
尻目に銃声の闇は耳の中で赤土色に広がる）

犬の吐く息はその獣臭でほか弁のように保温されているか半開きの口臭とて
丹念に打刻された元武器製の本の typology は銃弾の貫通したガラス片よりも
尖っているか、この本の文字を読むヒトの声はどう熔接されるのか想像してみよう
これはこれで満更でもなくギターをキーボードをギトギト掻き鳴らし、

鉄の獣笛をフルートの重苦しい懸念をかな臭い息で吹き鳴らすのか
ダンサーを鉄肺呼吸から呼び戻す鉄骨のダンスともども
ここ東京藝術大学美術館１Ｆではモザンビーク発の炎暑の秋の終わりに

（当該の美術館の鉄柵に収穫祭恒例の炊きだしスープ《今日は重いぞ》を
積載の軽トラがするすると横付けする）

これらのオブジェの製作者たちはと言えば記銘せよ
たとえばフィエル・ドス・サントスと
（まさに鳥類も鉄の骨のいわば凍結乾燥した舞踏手もせっせとつくり
たとえばクリストヴァオ・カニャヴァートと
（鉄の椅子を熱砂の磁場に見立ててその足許に蜥蜴を侍らせる
たとえばアドリノ・セラフィム・マテと
（鉄製ギターの奏者は銃を構えた実直なスナイパーにそそくさと早変わりしうる？

（二〇一五年秋の《武器をアートに》展に出品されたこれら19点のオブジェに
どんな金属夢が喰らいつけるかそれともどんな夢想の痕跡が金属の微粒子に
トラッキングできるだろうか）

上映時間が九時間余に及ぶ長尺のフィルム《鉄西区》のような
わが憧憬の鉄路のジャングルジムの渦中からワープして、
日に日にハワイ沖の海底にＹ・タンギーの海底以上に滞留していくプラスチックスープ
ならびにざらざら鉄錆の跳梁するＪ・ティンゲリの立体作品を想起せよ、
とりわけこの落日のなんだか神々しくも惨たる路上では

Ｐ・Ｓ　蛇足ながら、《武器をアートに》展が閉幕してはやひと月あまり、
極東の大連のピッチ上の灰色がかった暗紫色の宙空に色彩的にはわが最愛の
暗黄色の土星のような縞模様のサッカーボールが一個、浮遊していた。真冬の
昼間だからこそますます顕在化の一途をたどるＰＭ２・５の赤色（とはいえ
色彩の実勢レートは爛熟のcarminの）警報の発令下、鉄骨のダンス

のようにサッカーボールを蹴りあげるシューズの爪先は黒々と斜影を／
えがく。かつてのたとえば汚染《コンタミ》最盛期の四日市や川崎の鉄道沿線空間から、
車窓からでも生暖かい灰色に鼻のひん曲がりそうな汚染された大気の臭気が
読唇術の行使のように、このスナップショットの画像から蘇りやまず。外出時には
真新しい防毒マスクの装着を必要条件として設定する。今や桜島の火山灰、
熱風のふわふわ微粉末が収納されてある黄色のラベルを貼ったパトローネを
想起しつつ。あるいは密猟の補修されぬ空中を横っ飛ぶピンボケの黒い隻腕
を想起しつつ。これは偽りの記憶ではない。茜さす《模造記憶》の概念を
参照の上、もっぱら記憶の青空にざらざら
鉄亜鈴の微粒子の質感を浮遊させてのこと。

（なおこのＰ・Ｓの詩行における色彩表記は朝日新聞２０１６・１・４日付
夕刊の２面に収録されたカラー写真から転写した。）

［補註］

＊《鉄西区》＝山形国際ドキュメンタリー映画祭で二〇〇三大賞を受賞した中国の王兵《ワンビン》監督によるドキュメンタリーフィルム。三部構成で上映時間は9時間5分に及ぶ。二〇〇四年四月には3日連続で、東京お茶の水のアテネフランセ文化センターで上映された。じつに熱気を帯びた息づまるような3日間だった。ちなみにこの映画の全篇上映を予告するチラシには、上述のP・Sに登場するサッカー少年に似た前傾姿勢で先を急ぐ若者が煤煙を（色彩的にもきな臭い煤煙色を）バックにあしらわれている。

＊極東の大連＝ここではP・M2・5に関連して大気汚染都市として大連のみ名指ししているが、これがたとえば北京やニューデリーやウランバートルやアンカラであっても何ら不思議ではなく、その際その画面にサッカーボールが登場してくるとは限らない。

＊茜さす＝一九九八年三月に鳴り物入りでリリースされた都はるみのCDsingle『邪宗門』（作詩・道浦母都子、作曲・弦哲也）の一節「…茜さすわたし」――一番、二番、三番ともに――からの引用。二〇〇五年には、歌人の道浦母都子は再び都はるみの楽曲『枯木灘残照』の作詩を担当している。

［フィラテリイの作業に準じて白昼……］

——詩集《Stock Book》に寄せて

……むしろ荒地のスペクタクルを

（A・P・ド・マンディアルグ）

フィラテリイの作業に準じて
白昼、狂犬病《フィラリア》のように目打ちのギザギザを呈する窓の向こう側で
雨後のコンクリート地に自転車の斜影が二重写しになっている
パンクしても装着されっ放しのタイヤは切磋バンクでならむしろ腫れている

頁ごとにシンメトリの壁面に投影されている影の音階うしろ影の板書
ブラッドオレンヂの摘果の、あるいは重力の一時停止として、壁の途中で
黒色それ自体のディップ過程がおのずからストップしている
格子窓の塗り直しのペンキが速乾的にはげて影の落馬をどんどん促す

たとえばこの無人のチェーホフの弾き語りの荒野の一隅には、埃の天国
音屠場の暗黒のマンホール（予めすとんと靴音を飲み込むマンホール）の数々
擦り減った靴底のようなスフィンクスをえぐる消印の群れのランダムウォークよ
２０１４年３月８日マレーシア航空ＭＨ３７０便は聴診器の及ばぬ超深海の

dark matter に飲み込まれたかそれとも渦のなすがまま《空無》の dark energie に
巻きとられたか、杳として行方知れず。行き先のスモッグの立ちこめる北京上空には
今もってクアラルンプール国際空港から到着せず
２０１５年３月９日付の朝日新聞のなんだかもどかしい記事によれば

《陸地から離れた洋上などを飛行すると電波が届かず、
地球上の７～８割は機影がレーダーに映らない空域とも言われる》
ところが画廊の窓越しにメタリックな色調の銀ヤンマが砂地のカンヴァスに
駐機しているのが見える、ひと呼吸置いて（使用済みのツェツェ蠅切手を参照のこと）

画面上の今でも海底に、油滴のようにかそれとも油槽のように
昔、表面張力だったところ海底の油井だったところに立ち尽くすテキサスの油田労働者の膝蓋骨が
ましてや往年のバクーの《油井の弁》みたいなところに待望の
ヴィトゲンシュタイン切手の額面だったところにはたして何が潜んでいるか

ベーム盤ＣＤのジャケットに印刷された心なしか上気したようなブルックナーのポートレイトから
TE DEUM《梯子の影》のように消えずに白くまだらになったオクラホマの油田労働者の掌の空隙に
空きビンを肉感的に吹き鳴らしつつ歴戦の水たまりがみるみる転位する
その飛行機の機体がはたしてフィラテリストの所有になるものかどうか

その航跡とおなじく定かではないが、少なくとも
ピンセットの開閉脚に通じていることは、切手の色むらの吟味ならびに
ヒンジの鰓呼吸についてもおのずから明らかだ（現地の大使館から封書に貼って投函して貰った
海峡をへんぽんと通過する往年の三角旗のマラヤ切手について）本人に尋ねるまでもなく

眼鏡のレンズのダンディズムに反射する鼻毛切りのような大きさのハサミ、大人の小指ほどながら
もちろん金メッキの逸品で、折からの鼻づまり対応ではなく
《アーメン》のうしろ影の圏内で反響しながら狙うは紙上のパズルの空欄だ
裏面の糊の寿命にかかわるフィラテリイの奥義に隣接した辞書での居場所

には負けじとフィルハーモニアの楽器の鰐と乗馬の鞭が横臥する、こうして
ダークイエロウをいきなり噴出させるには黄色と黒色の配合割合も筆先の水分も厄介だ
こうしてダークイエロウの筆勢の跳梁ドキュメンツはもっぱら
雲を切り裂いてはざっくり割れる空きビンの形状記憶にかかる

ちなみにノイズの軋りを交えながら銀細工の精緻な佇まいの《Stock Book》には
架空の国々や憧憬の島々の切手をアムステルダムで描きつづけた美術家 Donald Evans の
作品集《The World of Donald Evans》が寄り添い、その真横にはロシアの詩人
マンデリシュタームの傑作《エジプトのスタンプ》の褐色の詳註版が陣取る

当の読者はと言えば際限もない弦楽の地滑りによる層位の激変をひたすら読唇しようとする
当然ながら白昼とんと地滑り散布の徹底究明の出入りなしの
謎めいた不定形の白昼夢の cracks から目覚めて
物質の連続的に弾けるネオロギズムの群棲する火の渦を

［補註］

＊フィラテリィ＝フィラテリィは切手蒐集を指す専門用語。切手蒐集家はフィラテリスト。このフィラテリィという語は野村龍の詩集タイトル《Stock Book》にちなむ。

＊２０１４年３月８日マレーシア航空ＭＨ３７０便は……杳として行方知れず＝２０１５・８・６朝日新聞夕刊の報道によれば《マレーシアのナジブ首相は６日未明、インド洋西部の仏領レユニオン島の海岸で見つかった航空機の残骸を、昨年３月に消息を絶ったマレーシア航空ＭＨ３７０便の一部だと確認した、と発表した。》さらに２０１６・３・25朝日新聞朝刊の報道によれば《アフリカ東部モザンビークの海岸で見つかった、マレーシア航空ＭＨ３７０便（ボーイング７７７―２００型機）とみられる残骸について、オーストラリアとマレーシアの両政府は24日、「ほぼ間違いなくＭＨ３７０便のものだ」とする声明を発表した。》

＊テキサスの油田労働者＝Richard Avedon の写真集《In the American West》（1985 Abrams）にその二人の男たちの膝上像を収録。

＊オクラホマの油田労働者＝右行と同じアヴェドンの写真集に収録。

＊《アーメン》のうしろ影＝オリヴィエ・メシアン作曲のピアノ連弾曲《アーメンの幻影》。フランス語の原題では複数の、も

ろもろの幻影（＝visions）である。

殺風景のか、それとも殺気の仕業か、それとも順不同のざわめきか

——松井良彦監督『追悼のざわめき』の気圏にて

真っ昼間でも廃墟である闇の
黒色はぴちゃぴちゃ匂っている
例の黒色火薬は湿った水玉模様さながら
あえて波浪警報の羽を羽ばたかせる《暗殺》という文字が
文字通りくろぐろと埃の波間で跳びはねるとしても

廃墟で荒れそれとも廃墟もどきで荒れ
脂よごれのテクスチュアには大いに油断は禁物
広場の鳩の群れは鈍重に鈍角の地面をうろつきまわり
鳩胸闇の惨状の突出こそ（とっくに始まっている死語硬直の波止場ではなく）

鳩羽紫のいや増す参上にほかならない

水中の闇のなかには水中花ならぬげんこつ仕様の
銀細工まがいの爪切りに残ったどす黒い爪痕ってなにか？
息苦しくって暗い闇の箱の破片とて
これもじゃんじゃん軋るジャンクとて
とっとと爪の材質をさらす埃まるけのまンま

経年のここは通天閣がなんども瞬く二十世紀の大阪市内のはずで
しかもここは不揃いながら不穏なアンダーグラウンドが
コンクリートの照明ぎらい灰白の半地下もどきにクリンチだ
もろクリンチ頼みのボクサーのずしんとロウブロウの餌食のようにへこむ
ずしんと抵触してへこむその反撥的浮力で殺気か殺風景か

やんやの差し手の矢印を躱して

どちらがどちらに先行しかつ潜行するのか
真っ昼間の廃墟たる水道管の鉄錆にまみれて
にせの雇われ傷痍軍人の乱杭歯残り一本の残影に
ぐらぐら鉄球のような唾の狼狽よ！

またもや裏返しの耳の常軌を逸して
耳もとで夜来の漏水音が溺死者の口内炎のようにごぼごぼ
もがいているぞ舌《べろ》をべろんと出してみろ
ごぼごぼ耳を再確認して離れん
離れとうないんや濡れ衣の重ね着のように

広場の青息吐息どもの息使いはほんま
シばかれまくるほど青引火《いんか》初期ピカソ特有の顔面に青の簇生に匹敵するのか
ぎこちなく回転しつづける漂流するマッチ棒仕立ての家屋から
汗だくでとびだす手乗り文鳥は

ガソリン鼠にそっくりだ闇雲に揮発性をあおるゲッシ類は

なにもかも歪らしいとのかろうじて伝聞によればその証拠物件はなにもかも
たとえばプロレスのリング外の囃し声にて否応なく小さな体軀を保持する
彼らはそれでも昼夜にわたる明暗二重の王国（おお矮星よ矮星）
からのもっぱら使者として屋内外を
歪にジャブるやジャグる

壊れてても構わんから（これは前口上の鉄則やから）《穴の縁》で闇の爪を
研ぐというよりは一気にほとびさせてン性具／今まで〈…〉耳にしたことのないような
せっぱつまった音の配列――《死の装具》／フィナーレのフィルムの浜辺にどす黒い眼窩／……
びりびり褐藻類ホンダワラのエンドレスの蠕動だ、《腐りかけた人間どもが……》と頭ごなしに
がなりたて見えない死斑の浮かぶつるつる生白いマヌカン

（ベルメールの倒立した人形を尻目に）とのチークダンスだ

神隠しのバス移動にわざと乗り合わせた老若男女全員の口々に
(だれしもなぜかスーチン画もどきのどぎつい厚塗りの人面と筋肉移動を
さらして)ガソリンのように瞬時に引火する笑いまた笑いの鋲撃ちにつき
ぞくっとどうにも焦げくさい

壊れた精巧なオルゴールみたいな笑いの引火にてんで破顔の強要はない
欠損毀損ばかりか(GBなら一九六〇年代初頭のパリ深夜叢書版《鼠譚》で
けんめいに鼠算的に止血しようものを)
窓の外の鴉よその一声でこめかみから召還されて
空薬莢みたいな沈鬱の逆光線の校庭だ

ダザイ顔負けの女生徒の群れなすこれは校庭だ
昼下がりなのに闇を何層にも切りさばくことが
あるいは果敢にもノイズで毟ることが肝腎で
《ばあさん、ばあさん……》と鳥羽一郎ゆかりの節回しで

あの人は消えた杳として失踪中なんよ

黄色が眦を決して黒色に着剣を命じると
やにわにビル影の入鋏済のダークイエロウが一丁あがり！
それともどす黒い眼窩の《泥水を
撥ね散らかしながら
疾走していく》黄色こそほらほらダークイエロウ！

（蛇足ながらＰＳの顎たん叩けば『追悼のざわめき』のＤＶＤのいくつかの
ショットはイタリアの写真家マリオ・ジャコメッリによる九〇年代の《Per
poesie》という連作のひらひら戦ぐジャンクの群れに類似している。そう思えて
ならない……………………………………………………………………………
詩的昂揚の、そう内心ざわざわと………）

［補註］

＊《暗殺》という文字が＝一九七九年十月二六日韓国の朴正熙大統領はソウルの青瓦台でＫＣＩＡの凶弾に斃れた。日本の新聞の緊急報道の大見出しがこの『追悼のざわめき』のＤＶＤ画面にテロップのように数回流れた。

＊《穴の縁》＝奥泉光『バーナルな現象』（二〇〇二年集英社文庫）からの引用。

＊今まで〈…〉せっぱつまった音の配列＝スーザン・ソンタグの小説『死の装具』（一九七〇年早川書房）邦訳三三四頁からの引用。

＊《腐りかけた人間どもが……》＝この『追悼のざわめき』のＤＶＤ画面に流れるマルドロールまがいのあるいはセリーヌもどきのアジテーションふうの有声音。音楽的にはポーランド・ジャズのスタンコの退嬰的な楽曲 Maldoror's War Song 及び Weisheit von Isidore Ducasse、そして阿部薫の即興的サキソフォン演奏《なしくずしの死》を喚起したい。

＊ＧＢ＝畢生の大作、深夜叢書版『エロティスム』（一九六五年パリ）の著者であるジョルジュ・バタイユの頭文字。

＊《ばあさん、ばあさん……》＝鳥羽一郎の歌うもと歌『海の匂いのお母さん』一番の呼びかけの部分の歌詞は《かあさん、かあさん、お元気ですか……》。このＤＶＤで流れる《ばあさん、ばあさん……》という有声音がもと歌を聞き慣れた者の耳にはなぜか自動的に鳥羽一郎の節回しで聞こえる。

＊《泥水を撥ね散らかしながら疾走していく》＝笠井潔『オイディプス症候群（上）』（二〇〇八年光文社文庫）からの引用。

＊マリオ・ジャコメッリ＝二〇一三年三月二三日から五月一二日まで恵比寿の東京都写真美術館でマリオ・ジャコメッリ写真展が開催された。同館のミュージアム・ショップで展示作品のポストカードが多数販売されていたが、ここに取り上げた《Per poesie》という連作は文字通り詩的昂揚に充ちているにもかかわらず、残念ながら一点もポストカード化されていなかった。

［ともすればスクラップ・アンド……］

Undo lives 'end.Slain.
James Joyce《Finnegans Wake》

ともすればスクラップ・アンド
スクロール・アンド
スキャン・アンド
眼球・アンド
ゴーグルよ眼光・アンド
眼精疲労にして眼帯・アンド
たび重なるフォネーマの雁行の影を
思いきりバックドロップ
アンド・随意筋を不随意にクリップ

セピア色の眼窩にすっかり描き込んで
カミソリでぎりぎりまで
camisole de force を削り取るやまた再びの
やおら耳スクラップ、
蟬しぐれにせよ好物貝のしぐれ煮にせよ
ノスタルジックな動詞の蛇行につづいて
コンマを重ねていったんは柔らかい耳朶を消去し
消しゴムによる涙ぼろぼろなれども抹殺には至らず
末梢神経の苦痛《ペインティング》色彩的に
ゴッホの耳＝消火栓の上で大童
ともすればスクラップ・アンド・スクラップ
ちぎれた片肺の飛行で死語クラック・アンド
deaf 演劇的にはやはり Goya の惨劇が最適だろう
それでも隻腕で地を這うような
投球術で疑問符の耳連鎖をつがえろ！

擦れたセルロイドの発火寸前の画面上で
放火魔のお祭りマンボにいそしむどころか
彼女みずから三年前の京丹後市における所在の手負いでありながら
運河に浮かぶ《彼女》の無色のあるいは無臭の痕跡を辿ろうとすれば
蛻の殻のスーツケース（これまた贋ブランド品）のように
生活臭は（アンドのｄ語尾のように）喉の奥に消えていた消されていた
そのセルロイドが欲望ないし情念の種火で引き攣る
小文字で **et** かそれとも **et cetera** の後方には水たまりのうしろ影
敢然とスクリーンに登場する **E.T.** か
たかる蠅であれ燃えさかる窯であれその画数をことさら競わず
海の狩人は延縄で懸命に最新のクラゲ図譜をすなどれよ
殼に鳴るまでの《蛻》の昆虫学的意義めがけておお一筋の月光がケンザン！

［補註］

＊［ともすればスクラップ・アンド……］＝詩篇《京浜運河殺人事件》の序章に相当する独立したパート。

＊ Undo lives 'end.Slain.＝ちなみにこのエピグラフとして引用したジェイムズ・ジョイス《フィネガンズ・ウェイク》所収のフレーズを柳瀬尚紀は《命《いのち》流《なが》れ果《は》てまで。果《は》て殺《さ》て。》と訳している。

京浜運河殺人事件

花冷えの発覚でどうにも意気消沈しがちだから
熱血のスクランブルド・エッグをぱくつく
そんな自画像の窯変を想像して
どんより土気色の運河の水面をただよう
ことさら青空を背景にしたカラーの本物のパスポート写真の
含羞を鮮明に解凍した夏のはじまりを銘記した

スネアドラムの撥でぎとぎと磁気嵐を劈開するリズムで
数々のS字カーヴをスクラップ・アンド
じょりじょりブリキで背肉を切りさばかれているような
スカルプ・アンド、スカルペル・アンド

愛用の **eyeglass** にして砂時計よフェルマータの眼を
かっと見開けば眼底・アンド・真っ赤な出血を志願してのこと

大辞林一九八八年版によれば、二四〇五ページからの
引用だが、蛻《もぬ》けるとは、字義通り
〔①抜けて外に出る。脱する。抜ける。
②セミやヘビなどが脱皮する。〕さてこの項目の執筆者よ、《など》の厳密な内訳は？
蛻《もぬけ》の殻とは、〔①人の抜け出たあとの、寝床や住居。
②魂の抜け去ったからだ。**死骸**。〕（傍線やブロック体はたなか）

ほぼダイヤ通り走行中の路線バスの車窓から
ふと一瞥すれば向日性のグリーン・グリーン
今や時空の間氷期に匹敵するみどり滴る空き地だ
空トランクも当然《柩》仕様の空っぽの水槽で
稲妻の縮毛と同じくロシア語の **пустота**（＝プスタター）も水濡れ厳禁なのに

明暗を問わず運河を飛蚊症のように翻転中。

置き去りの新聞紙の最新文字たちが蹲る駐車場のコンクリート地面の端を割って
介入した三本の花首《くき》が不揃いの薊の花が微風にそよぐ
開花してまもなく夏空にすっかり吸収されてしまいそうなのだが
たとえば《恋あざみ》印のアイスクリームでは南方の白熊の毛並み以上に
いかにも脳天を突き刺しかねない、薊の遺言はそこに未収録でも
とりあえずＧＢ《花言葉》をさらにはセラフィーヌ・ルイ画凶眼《薊》を参照のこと。

もっぱら想像するに《彼女ら》の食卓までのざあざあ流通アンダーパスには
八戸産の《鮭の骨》缶、銀色に跳びはねる骨には金色のCal シール、
ある日はいわば月並みなエメラルドグリーンの海でいちだんと黄色く
みずからの勇姿をどこからでも披露する鯖たち、
その翌る日は空想裡に空中《ブランク》へと身を乗り出して折り重なる
乾燥マカロニは一見して食器棚で解体された金管楽器のくすんだパーツと化す

（第四連に非連続的にリンクして）

あらゆる《空き地》をともすればスクラップ・アンド
スクロール・アンド
スキャン・アンドのしうねく餌食、
ジーメンス製補聴器ごしにとぎれとぎれに全面的《空白》をスクラップ・アンド
あえてスカルプ・アンド
スカルペル・アンド

トリヴィアルな消しくずをいとわず
消しゴムを眼の縁で右往左往させる
机上や卓上で収集する報道のインクの多重の染みは
必ずや多少なりともデフォルメされている
たとえば **jazzy** な記憶の、ポロック点滴中のキース・ジャレットの
背中から光跳び献呈されるギフトさながらに

七月の雨脚はお互いの顔面に思わず速度の急発進をうながす
典型的なエセ情事の、この暗合の雨脚がこともなげに運河をたたく
殺風景なその水面でくろぐろともつれる雨条その他の幻肢
こんな波打ち際におけるリンゴの破砕面の流体力学的ヘビーユーザーは何者か?
行く手の闇から闇へ殺風景の閾をG・マーラー的には凌げない、この七月の
雨脚が脱輪する滑走路から《彼女ら》はもう祖国という dystopia へ飛び立てない。

(この事件の発覚するきっかけ
パスワードとなる誰何のキイワードは
相次ぐ《失踪》だった、たまに寛いでは
生身の全面的に消失したその la vie en rose 願望の本文にも余白にも
あらゆる文字も夜闇に乗じた伝言も跡形なく
じりじり時間の埃のみ時間の単位を越境しつづける)

［補註］

＊京浜運河殺人事件＝この詩の序章に相当する独立したパートの全詩行は詩誌びーぐる第33号（澪標２０１６・10・20刊）に「ともすればスクラップ・アンド……」という表題で収録された。

＊みどり滴る＝かつて私が六年間通学した三重県の大井小学校の校歌からの引用。みどり滴るという陳腐なフレーズしか覚えていない。かろうじて掘り出された陶器片のように。

＊ロシア語のпустота＝ロシアの未来派詩人（＝ブージェトリャーニン）たるヴェリミール・フレーブニコフ（一八八五―一九二二）の詩学の鍵語にして鍵概念である。フレーブニコフが「プスタターならびに敬虔なるページ」と一行清書するように書き留めた太罫紙が残っている。それはゲンナージイ・アイギ『遠距離会話』（二〇〇一年サンクト・ペテルブルグ）に収録されている。プスタターの意味はといえば、空っぽ。空虚。空無。いずれも両面価値的に。

＊《恋あざみ》＝《恋あざみ》という表題のじっとり盗汗をかくような演歌。二〇世紀末までの二〇年間、場末のストリップ劇場でのダンサーの登場曲の定番だった、パステル画の脂粉をふりまくように。

＊ＧＢ《花言葉》＝ジョルジュ・バタイユが一九二九年にドキュマン誌に執筆した《花言葉》という短いながらも濃密な論考。この詩行を半ば気まぐれにここに挿入した。

＊セラフィーヌ・ルイ＝［往年の野球graphicsにおける魔球の球筋のような……］の補註に前出。伝記『セラフィーヌ』（二〇一〇年未知谷）の著者フランソワーズ・クロアレクによれば、セラフィーヌはしばしばセラフィーヌの後に父の姓ルイを付けて名乗ったとのこと。

＊ポロック点滴中＝一九一二年にワイオミング州に生まれ一九五六年ニューヨーク州スプリングスで亡くなったＵＳＡの抽象表現主義の画家ジャクソン・ポロック。彼は一九四〇年代半ばに《ドリッピング》や《ポーリング》なる画法を創出し、画面中に絵の具を散布したり、チューブから絵の具をじかに搾り出しては噴射するように描いて一世を風靡した。

［春景の補遺としてまずは……］

春景の補遺としてまずは
眼球のとかげが
すなわちカラヴァッジョ画の筆触が
眼球のとかげの増補版として
すなわちカメラオプスキュラによる激写が
視覚的に待機しつつこれを機に採択されよう
砂埃が割れたガラス片のように飛び散る寺山忌の爪先で
闘鶏よりも俊敏に舞う砂鴉もキサスキサス
この浜昼顔の吃音は順不同で
浜風にのけ反る花びらチェーンソー
この《浜昼顔》は寺山修司の抒情《リーリカ》演歌であるにもかかわらず

Sony Music House からようやくリリースされた
二枚組CD寺山修司〔作詩+作詞集〕には
残念ながらこの楽曲は収録されていないが
それでも誰でも口ずさむことは容易にできよう
気紛れに含羞の浜風にのって
それとも口を半開きに競馬場の土埃を追尾してみればよい
血まみれのチョリソへワープして
蜃気楼の喉にはいきなり懐郷の火酒を呷って
久しぶりにその名もずばり干天ノスタルジーだから
点々と埃まみれの沿道シャッターズシンドロームの
久しぶりにひとりで指先確認をしてみようか
何年も使い慣れた辞書の例文通り
さあ前方よし！　さあ後方よし！　ヨコ位置も忘れず
これで準備万端整いあるいは整え
これで本日本番のフェルマータがはじまる

この浜昼顔の花びらのさえずりは
折りたたみの小さな羽根のように
今日こそエンドレスのノイズを聴覚の境界例に綱渡り
ひらひら浜風になびく
そのうしろ姿をなんども砂の釦で装幀しなおす
浜辺の再生画像の過剰をいとわず
スティック糊のようにいつでも中断できそうな
往年のピアノ施術者たるサティの指先のときには脱臼的打鍵を
享受しつつピアニスムの軟体動物に
歯と刃物をすなわち科学博物館なら
マンモス仕様のセラミックスと薄刃のステンレスを
浜風とすっかりパラノイヤばむパラソルにうんと近づけようか
重力をやおら実物大の骨格見本のしなりで梳りつつ
ＭＲＩによる背骨の二六段の階梯の画像に
さらに一段一段尖鋭に鑢をかけるような

あえてスティールドラムの熱演の汗に思いを馳せつつ
ゴヤのやおらカプリチョスの黒色火薬とせめぎあう
奇数の酔いどれ素面の奇しくもナイフが
たとえばカフカースの山麓の偶蹄類の宴に招聘される
かのように交差する極彩色の記憶よ
ほどける宴の円陣における偶然の一致として
五線譜上で《貸したお金は戻らない》なんて
うそぶく歌手の伝言を石洗いの、そう脱色した紺色のだ
ストーンウォッシュトの
ジーパンの昔のポケットにまるで落とし卵《ア・ポシェ》をするかのように
いつか火山灰の無数のパトローネの持ち主に伝えてほしい
たまには夜通しブラックアウトでどうどう巡りするも同然に
港湾の雪の貯木場に散乱する鴉の死骸を
黒い渚に置き去りの黒い流木ともども大半の頁に
鴉のひしめくモノクロームの写真集から

いずれここに文字通り累卵的に呼び寄せよう
空っぽだああ空無の木っ端微塵なればこその
一気呵成にこなごなダストシュート -ing で
ほうらギチギチ本が一丁上がり！
なおかつ路上は数え切れない粉塵だらけだからここら辺で
ここら辺はつい最近まで砂上の楼閣だったから、昼夜を問わず
逃げ水のさあ耳許で《fade-out しちゃったら》

［補註］
＊極彩色の記憶＝セルゲイ・パラジャーノフの複数の映画を合成したレミニッサンス。
＊《貸したお金は戻らない》＝北原ミレイが低音で歌う《大阪ロンリーナイト》の一節。作詞は吉岡治。
＊鴉のひしめくモノクロームの写真集＝深瀬昌久写真集《鴉》（一九八六年蒼穹舎）。

《エンドレス・コラム》

［十指では指折りフォロースルーしきれない……］

Nevermore——E.A.Poe《The Raven》

十指では指折りフォロースルーしきれない鴉たちよ
空中《ブランク》や木立をその生息地にもしくは宿営地にして
三々五々集う鴉たちをなんとかカウントすれば指の失意は解消されるだろう
ときには港湾の倉庫群の殺風景から逸脱してももちろん構わない
都市間の鉄塔を結節点とする電線に必死に嘴で挑みかかるのに
遭遇するたび感電死するんじゃないかと気が気じゃない

黒に黒をびっしり hook するモノクロの夜空の目印は無数の
発光する鳥の目かそれとも幅広のＶ字状を呈する鴉の翼の群れ
晩夏の蟬しぐれよりも格段の生命力を発揮するのが市井に飛びかう鴉たちの啼き声だが
小学校の生き物学習の一環として（後々の英語教育における鴉詩人 E.A.Poe の

死せるAnnabel Leeの演じる役柄は別にして）学童たちが兎と同じく餌やりして
鴉を当番制で育て上げたなんて美談は聞いたことがない

現行の2円の通常切手の図柄はなんの変哲も幻惑もない
ラヴェンダー地に白抜きの兎だが待望久しいKafka（＝コクマルガラス）切手として
私見では胸部がふっくら丸味をおびたコクマルガラスのふさふさ
黒くビュランでへつる図柄がうってつけ（その形状は『カラスの教科書』所収の
ドローイングを参照のこと）主要六種の鴉切手の発行を夢想するわがphilatelist
にとってコクマルガラス切手の実現だけでも朗報だろう（ここで鴉へのキックオフ、

共演のマリンバがしだいに首筋を攻め上がり、ここで鴉にとって
《空は迷路》だから児童の声にのってそれは頸椎に浮き立ち頸椎をつつく）、近頃
たとえば学習ノートの表紙は動物の攻撃性からけなげな植物写真に改変された
通りすがりにDP屋の呼び込みの《周波数》にシンクロするかのように
鴉の羽根の光沢の有無を鴉との出会いがしらの誰何の

フォーカスに据えてみたらどうか、羽根が無光沢の鴉にはなんだか気勢をそがれるが。

鴉がここぞと集う画題として卵殻を透かして黄身を透視する筆勢の賞味期限ぎりぎりの
卵黄よ液状化スリルを満喫するためにも
酸敗スパイラルへの滑舌の陥落防止のためにも
砂上のロープどころかうかつなジャグジー滑降は禁物だ
北方の凪になびく首なし鴉よ仮設のリングの宙に舞うアバカノヴィッチ地タオルのような
寒晒しの鴉の羽根二、三本のびゅんびゅん骨への斜線のオマージュよ

夜目にも黒い羽根の黒光りは鴉明かりと換言できようそのまますくみあがれば
その色は graphite の黒灰色に行き着くチェルノブイリ（永遠のニガヨモギでもある）の
廃炉の名状しがたい灰色は釣瓶落としの灰色グラデーションのどのあたりに
転位しているいくだろうかどっとメルトダウンしたマッスの廃闇は転々と
のたうつ防毒マスクの埃の堆積が回廊の奥から手招きする灰髪バレッタならぬ
これまた鴉の相次ぐ死骸のような降灰だ灰色のだんだら噴出だ

《鉄の錆びた灰色》いわく二五時頃の鴉の数を（小樽新港の倉庫の屋上でも脳内の
旧ヨットハーバーでも）きっちり数え直してみたいものその出現の頻度順のグレーゾーンよ
集合意識のいわばＬＥＤ電球のような眼光を恒久的に研ぎ澄ますソルジェニーツィンの大冊の
ホリゾントを横切ってざらつくゴースト画面上の鴉たちさながら黒い枝振りにまぎれた
鴉のスフレ闇の血色はいかがか代替のケチャップによる字面ディップの血だまりは
しばし海老反りながら舌鼓はドラムスの endlessness にもっぱら与する

［補註］
＊ Kafka（＝コクマルガラス）＝ちなみにチェコ語の kavka はコクマルガラスの意。
＊『カラスの教科書』＝松原始著、雷鳥社二〇一三年刊。同書の18〜19頁にコクマルガラスを含む主要六種の鴉のドローイングが収録されている。
＊《空は迷路》＝都会のカラスの動静をテーマとする阪本繭子の童謡詩。この詩を含む5作品にもとづいて吉岡孝悦が作曲した《童声合唱と4人の打楽器奏者のための「5つの歌」》を、二〇一六年十月二九日練馬区光が丘のＩＭＡホールで聴いた。《空は迷路》は5つの歌のうち二番目に登場する。
＊アバカノヴィッチ地＝マグダレーナ・アバカノヴィッチはポーランドの彫刻家。二〇一七年四月二〇日ポーランドのワルシャワで亡くなった（享年八六歳）。代表作の群衆シリーズをはじめ立像や座像はすべて首なしだ。一九九一年、今は亡き池袋の

セゾン美術館で開催されたアバカノヴィッチ展の展示会場は森閑と静まり返り、すべてのオブジェとじっくり対面できた。彼女は織物やひもを積極的に作品の素材に活用した。

＊《鉄の錆びた灰色》＝バーバラ・ローズ「生命の探求」（KAWASHIMA32特集アバカノヴィッチ一九九二年川島織物刊に収録）からの引用。

＊ソルジェニーツィンの大冊＝二〇一〇年モスクワのアストレリ社から刊行された一巻本のソルジェニーツィン『収容所群島』は一五一六ページに及ぶ。ロシア語ではワタリガラスはヴォーロン、鴉一般はヴォローナ、コクマルガラスはガールカと言うが、ちなみにヴォーロンのスラングとしての意味は《囚人護送列車》である。無数のキリル文字がこの大冊中に密集しかつ乱舞している。

二〇一六年七月版《光の唇――20枚のスナップショット》テクスト
旧知の詩人セルゲイ・ビリュコーフに
second version

1）どこか郊外にて
まるで折れない釘
太陽の歯を
ぎりぎり軋らせるかのように

2）たとえば
鉄塔武蔵野線だ、
視えない境界線上を
真昼も真夜中も疾走する

3）流氷はやんやの三倍
増感されて暗闇の
根室花咲港に
着岸した、来夏のテレビ画面を待ちきれずに

4）北行するエクスプレスの車窓から
どんどん遠くどんどん深く
‥
消失点に至るまで

5）八戸港の低空を
鷗たちが乱舞する、すなわち
てんでにオーボエを奏する
廃液の大童

6）太古の森を抜けて
天塩川へ、木彫の
もっぱら素材木に関わる
オトイネップを起点にして

7）これはこれで地形の宙返りに挑む
ニッポウなる幹線の鉄路だ
（漢字で表記すれば日豊本線の）ぐねっと
沿岸のアーチをぎりぎりまで引き絞れ！

8）尾道の小路を
歩く女のうしろ姿が
よぎった、旅情なれした蝶の飛影どころか
その後方には水たまりの影

9）これは《無色》の切断面から失踪した
だんぜんデュラス的な意味での
静謐なる公園だよ、ぼうぜんと
最北端の街に佇む

10）旧志免炭鉱には、精巧なる maquette よろしく
福岡県のこの産業遺産には
いまや文字通り干天をどうぞ
いきり立つ草いきれを！

11）着陸寸前の
飛行機の機内からごく普通に
撮影した、ジュラルミンだらけの羽田空港の機首を
とりあえずみごとに狙い撃ち《シューティング》

12）ほら無音の安閑と
殺風景の醸し出す殺気だ
殺伐としたその現前だ、
弘前市の緩傾斜の路上にて

13）真っ白い船舶が
新潟港に停泊中、
様式的にアールデコのポスターが
壊れやすい蝶類のコレクターの垂涎の的さながらに

14）蒸し上がる暑気の
風景、ぎらぎら
まずは長野県の
植生的に敬虔なる上田市にて

15）ブラキストン線を臨む小さな橋である、
なんだか久方ぶりの複雑性っぽく
かつクリシェっぽく言えば
迫りくる黄昏時の

16）ダンテ仕込みの
雲また雲の
折り重なる
雲行きだ、埃っぽい脂肪なだれもどきの

17）冬枯れの荒れ地《ゾーン》
として
の、おおアンドレイ・タルコフスキイよ
冬たけなわの待てば海路の焼け焦げて黒い柩なり

18）ほら函館港にて
現出する水面の銀蠟
音なく着雪して、ピンホールに浮かぶ油滴のように
発光する埠頭

19）北の駅の
雪明かり
は、そう
蛍火のようだ、急遽ゲスト出演した歌手の喉元に屯する

20）言葉のひび割れのない歌
無音こそ水滴のしわざ
これは空間だ
名付けの拡がりを欠く

［補註］

＊ロシア語のインターネット詩誌《ポエトグラード》二〇一六年第三五号に寄稿したエッセイ《…日本の壊れやすい影…》において セルゲイ・ビリュコーフ氏はこのテクストの20）（first version でも同文）を引用している。

画家パーヴェル・チェリシチェフへの追伸

ブラインドフィールド行きの、いまや光速走行の
フレーブニコフの《蛇列車》に飛び乗って
Starbucks coffee で途中下車した、
思わずコーヒーのレシートの裏に描いたものだ、
愛用のシュテッドラーの **lumograph H** で
宇宙の金属的引っ掻き傷の迷宮を、
熱砂のナミビアで採取されたギベオン隕石の表面上をなぞるかのように
どの文字もどの絵の具も常に海鼠《トレパング》としての外科用穿孔器《トレパン》である。
ただちにじっくり観察してみろ
《メルクリウス》というタイトルの口絵を、これは
五〇年ぶりに繙かれた Tyler の古書に収録されてある

脳の内外の光の血液循環を
すなわち永続的な光の先取りを！
すなわち新たな光学的トポロジーの奪取を！
（画集《チェリシチェフの楽園》に所収の**イナシュヴェ**等々の作品を参照のこと）
さあ、光の《最後の晩餐》を満喫しよう。
それはダリ作絢爛たる《ガラの晩餐》、十二皿の肉皿から成るこの連作とも異なる、
チェリシチェフの静物画を囲む枠の内外で
色彩論的に言えばタナトスが生き生きと＝
いざりながら躍動中で、たとえば葡萄もチューリップも
カンブリア紀の化石をほうふつとさせる。
両者を見て同様の興奮に駆られるのは
両者の共棲のしわざ、チェリシチェフの《隠れんぼ》（エスキス）
ならびにオルドビス紀の **promissum** のしわざ。
ところでチェリシチェフの描く人物たちははるかに腐蝕的である、
アルチンボルドの野菜と果物から成る顔面よりも、

（予告ポスターに大書されたアルチンボルドの《謎》への期待値よりも）、
チェリシチェフによる数多くの解剖図譜はもっぱら
コーノフの一九八〇年作の詩篇《バラード》における
解剖用メスの至上命令を想起させる、《解体しろ！》とそそのかす、
またもや脳の内外で《日没間際の光はざわめいた》（と推理小説の一節が不意によぎった）
ほら彼の絵画（＝光の神経都市）への光の飢餓の介入だ。
ほら夢の過剰投与だ、
エデンの園におけるしつこい盗汗としての
時間の埃の点滴としての

［補註］

＊画家パーヴェル・チェリシチェフ＝一八九八年ロシアのカルーガ州ドゥブロフカ村で生まれ、デニーキン軍に地図作製者として従軍した後、トルコのイスタンブールに脱出。パリでディアギレフバレエ団の舞台装置を担当し、ガートルード・スタインやイーディス・シットウェルの文学サロンに出入りした。第二次大戦直前にＵＳＡに亡命し、一九五七年イタリアのフラスカティで亡くなった。彼は神秘的シュルレアリスムの創始者で、美術評論家アレクサンドル・シューモフによれば《サイケデリックな錬金術師》である。代表作に《現象》、《隠れんぼ》、《未完《イナシュヴェ》》ほか。

ラスト

Rust よこれが《バロック的壮麗さ》の剽窃のラストシーン
なのではない、これは粉末のRたる先導獣の edens の痕跡で
冷めきったたんまりL字形 lust 氏の激情の関連施設だ
《ラストベルト》というタイトルに
ようこそ眼球も錆びつく、工場群の doors のドアノブのうろ覚えの
鉄錆をざらざら半開きで舐めていくテレビカメラの差し出す
画面上で、ざらざら滞留しては反転する時間に何層も巣くう闇の埃
——これらの放置された装置、いわば埃の密度の高い鉄肺
《忘却の靴》をはいて錆空間を彷徨する
時間の埃はレンズ面でも錆びる、ましてや半透明のガラス面でも
錆びた粒子よテレビ画面の錆と眼球の錆（＝グリ・ド・ヴェール）

があからさまに擦れあい錆の耳もとでじゃりじゃり尖った砂利の
灰色の果てまで灰色のグラデーションの角を突く
一陣の風の闘牛士は内心の（鶏卵の）真紅のケープで
空間を浮遊する錆また錆を躱すすかし模様の目をマクラメるんだ
やおらメディアに登場した《ラストベルト》の所轄の市長は
見た目に青っぽい作業ズボン姿でこう嘆く、
《工場内のおんぼろ設備の残骸を
きれいに撤去する費用なんて全くありませんよ》と
それゆえ錆、錆、錆の氾濫はどんどん出血して黒ずむばかり
このフィルムを収納した荷物には
公的に fragile すなわち発掘品のお詫びの《正誤表》ではなく
念のため可燃性の壊れものを告知するラベル
もちろん剝きだしのままでの郵送は厳禁だ
スティールの鍋底の錆びた地肌を a burning sculpture の痕跡と
みなせるか、要木枠の壊れものとしての fragile という

ブロック体の字幕の文字たちは、
菌糸状の眼にも絢な高圧線の鉄塔《ピローヌ》
青黴がぬめる水道栓のように燃焼材を、翻訳すれば
放火魔のびらびら焚きつけるほら《a pyromaniac game》を呼号する
フィルムに定着された炎上する炎の塔をそのまま大気圏外へと
たとえばブランクーシの宇宙へ伸びる鉄塔《エンドレス・コラム》を燃焼させたらどうか
放火魔のゲームであれ **pyromaniac** とピー音が先導することに
変わりはない、鞭打ち《フラジェラン》の壊れやすい **fragile** という文字たちの
かつてのエルテの装飾性をかなぐり捨てた裸形の炎が
いきなりガソリンを浴びてフィルム内で揮発を重ねる
ヴェルフリの葬送の造語詩篇の単調な音声や音律が際限もなく響く
その会場で唇を逐一弾いてひたすら読唇しようとする
破壊のバーナーの唇を

［補註］

＊ a burning sculpture ＝二〇一七年四月二九日〜六月一八日東京ステーションギャラリーで開催されたアドルフ・ヴェルフリ展の会場にて、連日上映された一七分半ほどのフィルムの後半に宙空めがけて炎上する火の彫刻パーフォマンスの主役で登場するスイスの現代彫刻家ベルンハルト・ルギンピュールの、このフィルムに鮮明に収録されたa burning sculpture。このフレーズは英文字幕からの引用。同じく《a pyromaniac game》もそうだ。

初出誌一覧

これらの詩篇は未発表の二〇一六年七月版《光の唇——20枚のスナップショット》を除いて、詩誌《虚の筏》、《repure》、《紙子》、《詩の練習》、《eumenides》、《しるなす》、《びーぐる》、《pied》、《Ganymede》、《詩素》、《ポスト戦後詩ノート》及び《中央評論》に初出。詩篇によっては収録にあたって改稿した。

なお、この詩集《アンフォルム群》は詩集《イナシュヴェ》以後に書かれた31詩篇で構成されている。

たなかあきみつ

一九四八年三重県生まれ

詩集

『声の痣』（一九九一年・七月堂）
『光の唇』（一九九一年・私家版）
『ピッツィカーレ』（二〇〇九年・ふらんす堂）
『イナシュヴェ』（二〇一三年・書肆山田）

翻訳詩集

アイギ『アイギ詩集』（一九九七年・書肆山田）
クーチク『オード』（一九九八年・群像社）
ブロツキイ『ローマ悲歌』（一九九九年・群像社）
ジダーノフ『太陽の場所』（二〇〇一年・書肆山田）
アイギ『ヴェロニカの手帖』（二〇〇三年・群像社）
コーノノフ『さんざめき』（二〇〇五年・書肆山田）

ほか、《Ganymede》、《洪水》、《阿吽》誌などに翻訳詩を多数掲載。

アンフォルム群

二〇一七年九月三〇日　発行

著　者　たなか　あきみつ

発行者　知念　明子
発行所　七　月　堂
〒一五六―〇〇四三　東京都世田谷区松原二―二六―六
電話　〇三―三三二五―五七一七
FAX　〇三―三三二五―五七三一

印　刷　タイヨー美術印刷
製　本　井関製本

©2017 Tanaka Akimitsu
Printed in Japan
ISBN 978-4-87944-294-9　C0092
乱丁本・落丁本はお取り替えいたします。